U. G. E. **10** **18**

12, avenue d'Italie - Paris XIIIe

*Du même auteur
dans la collection 10/18*

La belle époque, n° 1842
Cantilènes en gelée, n° 517
Cent sonnets, n° 1886
Cinéma science-fiction, n° 1404
Le chevalier de neige, n° 1206
Chroniques de jazz, n° 642
Chroniques du menteur, n° 1395
Derrière la zizique, n° 1432
L'écume des jours, n° 115
Écrits pornographiques, n° 1433
Elles se rendent pas compte (sullivan), n° 829
En avant la zizique, n° 589
Et on tuera tous les affreux (sullivan), n° 518
Les fourmis, n° 496
Je voudrais pas crever, n° 704
Le loup-garou, n° 676
Les morts ont tous la même peau, n° 1114
Opéras, n° 1887
Petits spectacles, n° 1405
Le ratichon baigneur, n° 1536
Textes et chansons, n° 452
Théâtre t. I, n° 525, t. II, n° 632
Traité de civisme, n° 1885
Trouble dans les andains, n° 497
Marie-toi t. I, n° 2276
Rue des ravissantes t. II, n° 2277

J'IRAI CRACHER
SUR VOS TOMBES

PAR

BORIS VIAN

CHRISTIAN BOURGOIS ÉDITEUR

Si vous désirez être régulièrement tenu au courant
de nos publications, écrivez-nous :
Éditions 10/18
12, avenue d'Italie
75627 Paris Cedex 13

ISBN 2-264-00561-0

PREFACE

C'est vers juillet 1946 que Jean d'Halluin a rencontré Sullivan, à une espèce de réunion franco-américaine. Deux jours après, Sullivan lui apportait son manuscrit.

Entre-temps, il lui dit qu'il se considérait plus comme un Noir que comme un Blanc, malgré qu'il ait passé la ligne ; on sait que, tous les ans, plusieurs milliers de « Noirs » (reconnus tels par la loi) disparaissent des listes de recensement, et passent au camp opposé ; sa préférence pour les Noirs inspirait à Sullivan une espèce de mépris des « bons Noirs », de ceux dont les Blancs tapotent affectueusement le dos dans la littérature. Il était d'avis qu'on peut imaginer et même rencontrer des Noirs aussi « durs » que les Blancs. C'est ce qu'il avait personnellement essayé de démontrer dans ce court roman dont Jean d'Halluin acquit les droits complets de publication sitôt qu'il en eut pris connaissance par l'intermédiaire d'un ami. Sullivan hésitait d'autant moins à laisser son manuscrit en France que les contacts déjà pris par lui avec des éditeurs américains venaient de lui montrer la vanité de toute tentative de publication dans son pays.

Ici, nos moralistes bien connus reprocheront à certaines pages leur... réalisme un peu poussé. Il nous paraît intéressant de souligner la différence foncière qu'il y a entre celles-ci et les récits de Miller ; ce dernier n'hésite en aucun cas à faire appel au vocabulaire le plus vif ; il semble, au contraire, que Sullivan songe plus à suggérer par des tournures et des constructions que par l'emploi du terme cru ; à cet égard, il se rapprocherait d'une tradition érotique plus latine.

On retrouve, par ailleurs, dans ces pages, l'influence extrêmement nette de Cain (bien que l'auteur ne cherche pas à justifier, par un artifice, manuscrit ou autre, l'emploi de la première personne, dont le romancier précité proclame la nécessité dans la curieuse préface de Three of a kind, un recueil de trois romans courts réunis récemment en Amérique sous la même couverture et traduits ici par Sabine Berritz) et celle également des plus modernes Chase et autres supporters de l'horrible. A cet égard on devra reconnaître que Sullivan se montre plus réellement sadique que ses devanciers illustres ; il n'est pas surprenant que son œuvre ait été refusée en Amérique : gageons qu'elle y serait interdite le lendemain de sa publication. Quant à son fond même, il faut y voir une manifestation du goût de la vengeance, chez une race encore, quoi qu'on en dise, brimée et terrorisée, une sorte de tentative d'exorcisme, vis-à-vis de l'emprise des Blancs « vrais », de la même façon que les hommes néolithiques peignaient des bisons frappés de flèches pour attirer leur proie dans les pièges, un mépris assez considérable de la vraisemblance et aussi des concessions au goût du public.

Hélas, l'Amérique, pays de Cocagne, est aussi la terre d'élection des puritains, des alcooliques, et de l'enfoncez-vous-bien-ça-dans-la-tête : et si l'on s'efforce, en France, à plus d'originalité, on n'éprouve nulle peine, outre-Atlantique, à exploiter sans vergogne une formule qui a fait ses preuves. Ma foi, c'est une façon comme une autre de vendre sa salade...

Boris VIAN

I

Personne ne me connaissait à Buckton. Clem avait choisi la ville à cause de cela ; et d'ailleurs, même si je m'étais dégonflé, il ne me restait pas assez d'essence pour continuer plus haut vers le Nord. A peine cinq litres. Avec mon dollar, la lettre de Clem, c'est tout ce que je possédais. Ma valise, n'en parlons pas. Pour ce qu'elle contenait. J'oublie : j'avais dans le coffre de la voiture le petit revolver du gosse, un malheureux 6,35 bon marché ; il était encore dans sa poche quand le shérif était venu nous dire d'emporter le corps chez nous pour le faire enterrer. Je dois dire que je comptais sur la lettre de Clem plus que sur tout le reste. Cela devait marcher, il fallait que cela marche. Je regardais mes mains sur le volant, mes doigts, mes ongles. Vraiment personne ne pouvait trouver à y redire. Aucun risque de ce côté. Peut-être allais-je m'en sortir...

Mon frère Tom avait connu Clem à l'Université. Clem ne se comportait pas avec lui comme les autres étudiants. Il lui parlait volontiers ; ils buvaient ensemble, sortaient ensemble dans la Caddy de Clem. C'est à cause de Clem qu'on tolérait Tom. Quand il partit remplacer son père à la tête de la fabrique, Tom dut songer à s'en aller aussi. Il revint avec nous. Il avait beaucoup appris, et n'eut pas de mal à être nommé instituteur de la nouvelle école. Et puis, l'histoire du gosse flanquait tout par terre. Moi, j'avais assez d'hypocrisie pour ne rien dire, mais pas le gosse. Il n'y voyait aucun mal. Le père et le frère de la fille s'étaient chargés de lui.

De là venait la lettre de mon frère à Clem. Je ne pouvais plus rester dans ce pays, et il demandait à Clem de me trouver quelque chose. Pas trop loin, pour qu'il puisse me voir de temps en temps, mais assez loin pour que personne ne nous connaisse. Il pensait qu'avec ma figure et mon caractère, nous ne risquions absolument rien. Il avait peut-être raison, mais je me rappelais tout de même le gosse.

Gérant de librairie à Buckton ; voilà mon nouveau boulot. Je devais prendre contact avec l'ancien gérant et me mettre au courant en trois jours. Il changeait de gérance, montait en grade et voulait faire de la poussière sur son chemin.

Il y avait du soleil. La rue s'appelait maintenant Pearl-Harbour Street. Clem ne le savait probablement pas. On lisait aussi l'ancien nom sur les plaques. Au 270, je vis le magasin et j'arrêtai la Nash devant la porte. Le gérant recopiait des chiffres sur des bordereaux, assis derrière sa caisse ; c'était un homme d'âge moyen, avec des yeux bleus durs et des cheveux blond pâle, comme je pus le voir en ouvrant la porte. Je lui dis bonjour.

— Bonjour. Vous désirez quelque chose ?

— J'ai cette lettre pour vous.

— Ah ! C'est vous que je dois mettre au courant. Faites voir cette lettre.

Il la prit, la lut, la retourna et me la rendit.

— Ce n'est pas compliqué, dit-il. Voilà le stock. (Il eut un geste circulaire). Les comptes seront terminés ce soir. Pour la vente, la publicité et le reste, suivez les indications des inspecteurs de la boîte et des papiers que vous recevrez.

— C'est un circuit ?

— Oui. Succursales.

— Bon, acquiesçai-je. Qu'est-ce qui se vend le plus ?

— Oh ! Romans. Mauvais romans, mais ça ne nous regarde pas. Livres religieux, pas mal, et livres d'école aussi. Pas beaucoup de livres d'enfants, non plus de livres sérieux. Je n'ai jamais essayé de développer ce côté-là.

15

— Les livres religieux, pour vous, ce n'est pas sérieux.

Il se passa la langue sur les lèvres.

— Ne me faites pas dire ce que je n'ai pas dit.

Je ris de bon cœur.

— Ne prenez pas ça mal, je n'y crois pas beaucoup non plus.

— Eh bien, je vais vous donner un conseil. Ne le faites pas voir aux gens, et allez écouter le pasteur tous les dimanches, parce que, sans ça, ils auront vite fait de vous mettre à pied.

— Oh ! ça va, dis-je. J'irai écouter le pasteur.

— Tenez, dit-il en me tendant une feuille. Vérifiez ça. C'est la comptabilité du mois dernier. C'est très simple. On reçoit tous les livres par la maison mère. Il n'y a qu'à tenir compte des entrées et des sorties, en triple exemplaire. Ils passent ramasser l'argent tous les quinze jours. Vous êtes payé par chèques, avec un petit pourcentage.

— Passez-moi ça, dis-je.

Je pris la feuille, et je m'assis sur un comptoir bas, encombré de livres sortis des rayons par les clients, et qu'il n'avait probablement pas eu le temps de remettre en place.

— Qu'est-ce qu'il y a à faire dans ce pays ? lui demandai-je encore.

— Rien, dit-il. Il y a des filles au drugstore en

16

face, et du bourbon chez Ricardo, à deux blocks.

Il n'était pas déplaisant, avec ses manières brusques.

— Combien de temps que vous êtes ici ?

— Cinq ans, dit-il. Encore cinq ans à tirer.

— Et puis ?

— Vous êtes curieux.

— C'est votre faute. Pourquoi dites-vous encore cinq ? Je ne vous ai rien demandé.

Sa bouche s'adoucit un peu et ses yeux se plissèrent.

— Vous avez raison. Eh bien, encore cinq et je me retire de ce travail.

— Pour quoi faire ?

— Ecrire, dit-il. Ecrire des best-sellers. Rien que des best-sellers. Des romans historiques, des romans où des nègres coucheront avec des blanches et ne seront pas lynchés, des romans avec des jeunes filles pures qui réussiront à grandir intactes au milieu de la pègre sordide des faubourgs.

Il ricana.

— Des best-sellers, quoi ! Et puis des romans extrêmement audacieux et originaux. C'est facile d'être audacieux dans ce pays ; il n'y a qu'à dire ce que tout le monde peut voir en s'en donnant la peine.

— Vous y arriverez, dis-je.

17

— Sûrement, j'y arriverai. J'en ai déjà six de prêts.

— Vous n'avez jamais essayé de les placer ?

— Je ne suis pas l'ami ou l'amie de l'éditeur, et je n'ai pas assez d'argent à y mettre.

— Alors ?

— Alors, dans cinq ans, j'aurai assez d'argent.

— Vous y arriverez certainement, conclus-je.

Pendant les deux jours qui suivirent, le travail ne manqua pas, malgré la réelle simplicité de fonctionnement du magasin. Il fallut mettre à jour les listes de commande, et puis Hansen — c'était le nom du gérant — me donna divers tuyaux sur les clients dont un certain nombre passait régulièrement le voir pour discuter littérature. Ce qu'ils en savaient se bornait à ce qu'ils pouvaient en apprendre dans le *Saturday Review* ou la page littéraire du journal local qui tirait tout de même à soixante mille. Je me contentais, pour l'instant, de les écouter discuter avec Hansen, tâchant de retenir leurs noms, et de me rappeler leurs figures, car, ce qui compte beaucoup en librairie, plus qu'ailleurs, c'est d'appeler l'acheteur par son nom dès qu'il met le pied dans la boutique.

Pour le logement, je m'étais arrangé avec lui. Je reprendrais les deux pièces qu'il occupait au-dessus du drugstore en face. Il m'avait avancé quelques dollars, en attendant, afin de me permettre de vivre trois jours à l'hôtel, et il eut l'attention de m'inviter à partager ses repas deux fois sur trois, m'évitant ainsi d'accroître ma dette envers lui. C'était un chic type. J'étais ennuyé pour lui de cette histoire de best-sellers ; on n'écrit pas un best-seller comme ça, même avec de l'argent. Il avait peut-être du talent. Je l'espérais pour lui.

Le troisième jour, il m'emmena chez Ricardo boire un coup avant le déjeuner. Il était dix heures, il devait partir l'après-midi.

C'était le dernier repas que nous prendrions ensemble. Après, je resterais seul en face des clients, en face de la ville. Il fallait que je tienne. Déjà, quel coup de chance d'avoir trouvé Hansen. Avec mon dollar, j'aurais pu vivre trois jours en vendant des bricoles mais comme cela j'étais retapé à bloc. Je repartais du bon pied.

Chez Ricardo, c'était l'endroit habituel, propre, moche. Cela sentait l'oignon frit et le doughnut. Un type quelconque, derrière le comptoir, lisait un journal distraitement.

— Qu'est-ce qu'on vous sert ? demanda-t-il.

— Deux bourbons, commanda Hansen en m'interrogeant du regard.

J'acquiesçai.

Le garçon nous le donna dans de grands verres, avec de la glace et des pailles.

— Je le prends toujours comme ça, expliqua Hansen. Ne vous croyez pas forcé...

— Ça va, dis-je.

Si vous n'avez jamais bu de bourbon glacé avec une paille, vous ne pouvez pas savoir l'effet que cela produit. C'est comme un jet de feu qui vous arrive sur le palais. Du feu doux, c'est terrible.

— Fameux ! approuvai-je.

Mes yeux tombèrent sur ma figure dans une glace. J'avais l'air complètement sonné. Je ne buvais plus depuis déjà un certain temps. Hansen se mit à rire.

— Vous en faites pas, dit-il. On s'habitue vite, malheureusement. Allons, continua-t-il, il faudra que j'apprenne mes manies au garçon du prochain bistrot où je m'abreuverai...

— Je regrette que vous partiez, dis-je.

Il rit.

— Si je restais, c'est vous qui ne seriez pas là !... Non, continua-t-il, il vaut mieux que je m'en aille. Plus que cinq ans, sacré nom !

Il termina son verre d'une seule aspiration et en commanda un second.

— Oh ! vous vous y ferez vite. Il me regardait de haut en bas. Vous êtes sympathique. Il y a quelque chose en vous qu'on ne comprend pas bien. Votre voix.

Je souris sans répondre. Ce type était infernal.

— Vous avez une voix trop pleine. Vous n'êtes pas chanteur ?

— Oh ! je chante quelquefois pour me distraire.

Je ne chantais plus maintenant. Avant, oui, avant l'histoire du gosse. Je chantais et je m'accompagnais à la guitare. Je chantais les blues de Handy et les vieux refrains de La Nouvelle-Orléans, et d'autres que je composais sur la guitare, mais je n'avais plus envie de jouer de la guitare. Il me fallait de l'argent. Beaucoup. Pour avoir le reste.

— Vous aurez toutes les femmes, avec cette voix-là, dit Hansen.

Je haussai les épaules.

— Ça ne vous intéresse pas ?

Il me lança une claque dans le dos.

— Allez faire un tour du côté du drugstore. Vous les trouverez toutes là. Elles ont un club dans la ville. Un club de bobby-soxers. Vous savez, les jeunes qui mettent des chaussettes rouges et un chandail à raies, et qui écrivent à Frankie Sinatra. C'est leur G.Q.G., le drugstore. Vous avez dû en voir déjà ? Non, c'est vrai, vous êtes resté au magasin presque tous les jours.

Je repris un autre bourbon à mon tour. Cela

circulait à fond dans mes bras, dans mes jambes, dans tout mon corps. Là-bas, nous manquions de bobby-soxers. J'en voulais bien. Des petites de quinze seize ans, avec des seins bien pointus sous des chandails collants, elles le font exprès, les garces, elles le savent bien. Et les chaussettes. Des chaussettes jaune vif ou vert vif, bien droites dans des souliers plats ; et des jupes amples, des genoux ronds ; et toujours assises par terre, avec les jambes écartées sur des slips blancs. Oui, j'aimais ça, les bobby-soxers.

Hansen me regardait.

— Elles marchent toutes, dit-il. Vous ne risquez pas grand-chose. Elles ont des tas d'endroits où elles peuvent vous emmener.

— Ne me prenez pas pour un porc, dis-je.

— Oh ! non, dit-il. Je voulais dire, vous emmener danser et boire.

Il sourit. J'avais l'air intéressé, sans doute.

— Elles sont drôles, dit-il. Elles viendront vous voir au magasin.

— Qu'est-ce qu'elles peuvent y faire ?

— Elles vous achètent des photos d'acteurs, et, comme par hasard, tous les livres de psychanalyse. Livres médicaux, je veux dire. Elles font toutes leurs études de médecine.

— Bon, maugréai-je. On verra bien...

Je dus feindre assez bien l'indifférence, cette fois, car Hansen se mit à parler d'autre chose. Et puis, nous avons déjeuné et il est parti vers deux heures de l'après-midi. Je suis resté seul devant la boutique.

II

Je crois que j'étais là depuis déjà quinze jours lorsque j'ai commencé à m'embêter. Je n'avais pas quitté le magasin pendant tout ce temps. La vente marchait bien. Les livres s'enlevaient bien, et pour la publicité, tout était fait d'avance. La maison envoyait, chaque semaine avec le paquet de livres en dépôt, des feuilles illustrées et des dépliants à mettre en bonne place à l'étalage, sous le livre correspondant ou bien en vue. Les trois quarts du temps, il me suffisait de lire le résumé commercial, et d'ouvrir le livre à quatre ou cinq pages différentes pour avoir une idée très suffisante de son contenu — très suffisante, en tout cas, pour pouvoir donner la réplique au malheureux qui se laissait prendre à ces artifices : la couverture illustrée, le dépliant et la photo de l'auteur avec la petite notice biographique. Les livres sont très chers, et tout cela y est pour quelque chose ; c'est bien la preuve que les gens se soucient peu d'acheter de la bonne littérature ; ils veulent avoir lu le livre recommandé par leur club, celui dont on parle, et ils se moquent bien de ce qu'il y a dedans.

Pour certains bouquins, j'en recevais une floppée, avec une note recommandant d'en faire une vitrine, et des imprimés à distribuer. Je les mettais en pile, à côté de la caisse enregistreuse, et j'en fourrais un dans chaque paquet de livres. Personne ne refuse jamais un imprimé sur papier glacé, et les quelques phrases inscrites dessus sont bien ce qu'il faut raconter au genre de clientèle de cette ville. La maison mère utilisait ce système pour tous les bouquins un peu scandaleux — et ceux-là s'enlevaient dans l'après-midi de leur exposition.

A vrai dire, je ne m'embêtais pas réellement. Mais, je commençais à me débrouiller mécaniquement dans la routine du commerce, et j'avais le temps de penser au reste. C'est ce qui me rendait nerveux. Cela marchait trop bien.

Il faisait beau. L'été finissait. La ville sentait la poussière. Du côté de la rivière, en bas, on devait être au frais sous les arbres. Je n'étais pas encore sorti depuis mon arrivée, et je ne connaissais rien de la campagne tout autour. J'éprouvais le besoin d'un peu d'air neuf. Mais j'éprouvais surtout un autre besoin qui me tracassait. Il me fallait des femmes.

En fermant le rideau de fer, à cinq heures, ce soir-là, je ne rentrai pas au magasin pour y travailler comme d'habitude, à la lueur des tubes à mercure. Je pris mon chapeau, et, le veston sur le bras, j'allai directement au drugstore, en face. J'habitais juste au-dessus. Il y avait trois clients. Un gosse d'une quinzaine d'années et deux filles — le même âge à peu près. Ils me regardèrent d'un air absent et se replongèrent dans leurs verres de lait glacé. La vue seule de ce produit faillit me faire tourner de l'œil. Heureusement, l'antidote se trouvait dans la poche de ma veste.

Je m'assis devant le bar, à un siège de la plus grande des deux filles. La serveuse, une brune assez laide, leva vaguement la tête en me voyant.

— Qu'est-ce que vous avez sans lait ? dis-je.

— Citron ? proposa-t-elle. Grapefruit ? Tomate ? Coca-Cola ?

— Grapefruit, dis-je. Pas trop plein, le verre.

Je fouillai dans la veste et je débouchai mon flask.

— Pas d'alcool ici, protesta mollement la serveuse.

— Ça va. C'est mon médicament, ricanai-je. Ne vous en faites pas pour votre licence...

Je lui tendis un dollar. J'avais touché mon chèque le matin. Quatre-vingt-dix dollars par semaine. Clem connaissait des gens. Elle me rendit la monnaie et je lui laissai un gros pourboire.

Le grapefruit avec du bourbon, ça n'est pas fameux, mais c'est mieux que sans rien, en tout cas. Je me sentais mieux. J'en sortirais. J'en sortais. Les trois gosses me regardaient. Pour ces morveux-là, un type de vingt-six ans, c'est un vieux ; je fis un sourire à la petite gosse blonde ; elle avait un pull bleu ciel rayé de blanc, sans col, et les manches roulées au coude, et des petites chaussettes blanches dans des souliers à grosses semelles de crêpe. Elle était gentille. Très formée. Ça devait être ferme sous la main comme des prunes bien mûres. Elle ne portait pas de soutien-gorge, et les pointes se dessinaient à travers l'étoffe de laine. Elle me sourit aussi.

— Chaud, hein ? proposai-je.

— Mortel, dit-elle en s'étirant.

Sous ses aisselles, on voyait deux taches d'humidité. Ça me fit quelque chose. Je me levai et je glissai cinq cents dans la fente du juke-box qui se trouvait là.

— Assez de courage pour danser ? dis-je en m'approchant d'elle.

— Oh ! vous allez me tuer ! dit-elle.

Elle se colla à moi si étroitement que j'en eus le souffle coupé. Elle avait une odeur de bébé

28

propre. Elle était mince, et je pouvais atteindre son épaule droite avec sa main droite. Je remontai mon bras et je glissai mes doigts juste sous le sein. Les deux autres nous regardèrent et ils s'y mirent aussi. C'était une rengaine, *Shoo Fly Pie*, par Dinah Shore. Elle fredonnait l'air en même temps. La serveuse avait relevé le nez de son magazine en nous voyant danser, et elle s'y replongea au bout de quelques instants.

Elle n'avait rien sous son pull. Ça se sentait tout de suite. J'aimais autant que le disque s'arrête, encore deux minutes et je n'étais plus présentable. Elle me lâcha, retourna à sa place et me regarda.

— Vous dansez pas mal pour un adulte..., dit-elle.

— C'est mon grand-père qui m'a appris, dis-je.

— Ça se voit, railla-t-elle. Pas hep pour un sou...

— Vous me collerez sû·ement sur le jive, mais je peux vous apprendre d'autres trucs.

Elle ferma les yeux à moitié.

— Des trucs de grandes personnes ?

— Ça dépend si vous avez des dispositions.

— Vous, je vous voir venir..., dit-elle.

— Vous ne me voyez sûrement pas venir. Est-ce que l'un de vous a une guitare ?

— Vous jouez de la guitare ? dit le garçon.

Il avait l'air de se réveiller, tout d'un coup.

— Je joue un peu de la guitare, dis-je.

— Vous chantez aussi, alors, dit l'autre fille.

— Je chante un peu...

— Il a la voix de Cab Calloway, railla la première.

Elle avait l'air vexé de voir les autres me parler. Je ferrai en douceur.

— Emmenez-moi dans un coin où il y ait une guitare, dis-je en la regardant, et je vous montrerai ce que je peux faire. Je ne tiens pas à passer pour W.-C. Handy, mais je peux jouer le blues.

Elle soutint mon regard.

— Bon, dit-elle, on va aller chez B.J.

— Il a une guitare ?

— Elle a une guitare, Betty Jane.

— Ça pouvait être Baruch Junior, raillai-je.

— Sûr ! dit-elle. C'est ici qu'il habite. Venez.

— On y va tout de suite ? dit le garçon.

— Pourquoi pas ? dis-je. Elle a besoin d'être mouchée.

— O.K., dit le garçon. Je m'appelle Dick. Elle, c'est Jicky.

Il désignait celle avec qui j'avais dansé.

— Moi, dit l'autre fille, c'est Judy.

— Je suis Lee Anderson, dis-je. Je tiens la librairie en face.

— On le sait, dit Jicky. Il y a quinze jours qu'on le sait.

30

— Ça vous intéresse tant que ça ?

— Sûrement, dit Judy. Ça manque d'hommes, dans le coin.

Nous sortîmes tous les quatre pendant que Dick protestait. Ils avaient l'air assez excité. Il me restait encore suffisamment de bourbon pour les exciter un peu plus quand il faudrait.

— Je vous suis, dis-je une fois dehors.

Le roadster de Dick, une Chrysler vieux modèle, attendait à la porte. Il prit les deux filles devant, et je m'arrangeai avec le siège arrière.

— Qu'est-ce que vous faites dans le civil, jeunes gens ? demandai-je.

La voiture démarra net et Jicky s'agenouilla sur la banquette, la figure tournée vers moi pour me répondre.

— On travaille, dit-elle.

— Etudes ?... suggérai-je.

— Ça et d'autres choses...

— Si vous veniez par là, dis-je en forçant un peu la voix à cause du vent, cela serait plus commode pour parler.

— Plus souvent, murmura-t-elle.

Elle ferma encore les yeux à moitié. Elle avait dû prendre ce truc-là dans un film quelconque.

— Vous n'avez pas envie de vous compromettre, hein ?

— Ça va, dit-elle.

Je l'empoignai par les épaules et la fis basculer par-dessus la séparation.

— Eh ! vous autres ! dit Judy en se retournant. Vous avez des façons de parler un peu spéciales...

J'étais en train de faire passer Jicky à ma gauche et je m'arrangeais pour l'attraper aux bons endroits. Cela se tenait vraiment pas mal. Elle avait l'air de comprendre la plaisanterie. Je l'assis sur le siège de cuir et je passai mon bras autour de son cou.

— Tranquille, maintenant, dis-je. Ou je vous fiche une fessée.

— Qu'est-ce que vous avez dans cette bouteille ? dit-elle.

J'avais mon veston sur les genoux. Elle glissa la main sous l'étoffe, et je ne sais pas si elle le fit exprès, mais si oui, elle avait rudement bien visé.

— Bougez pas, dis-je en retirant sa main. Je vous sers.

Je dévissai le bouchon nickelé et je lui tendis le flask. Elle en prit un bon coup.

— Pas tout ! protesta Dick.

Il nous surveillait dans le rétroviseur.

— Passez-m'en, Lee, vieux crocodile...

— N'ayez pas peur, il y en a d'autre.

Il tint le volant d'une main et, de l'autre, battit l'air dans notre direction.

— Pas de blagues, hein ! recommanda Judy. Ne nous fiche pas dans le décor !...

— C'est vous la tête froide de la bande, lui lançai-je. Perdez jamais votre sang-froid ?

— Jamais ! dit-elle.

Elle empoigna au vol le flacon au moment où Dick allait me le rendre. Quand elle me le tendit, il était vide.

— Eh bien, approuvai-je, ça va mieux ?

— Oh !... C'est pas terrible..., dit-elle.

Je voyais des larmes dans ses yeux, mais elle tenait bien le coup. Sa voix était un peu étranglée.

— Avec ça, dit Jicky, il n'y en a plus pour moi...

— On ira en rechercher, proposai-je. Passons prendre cette guitare et puis on retournera chez Ricardo.

— Vous avez de la veine, dit le garçon. Personne ne veut nous en vendre.

— Voilà ce que c'est d'avoir l'air si jeune, dis-je, me moquant d'eux.

— Pas si jeunes que ça, grogna Jicky.

Elle se mit à grouiller et s'installa de telle façon que je n'avais plus qu'à refermer les doigts pour m'occuper. Le roadster s'arrêta tout à coup et je laissai pendre négligemment ma main le long de son bras.

— Je reviens, annonça Dick.

33

Il sortit et courut vers la maison. Celle-ci faisait partie d'une rangée visiblement construite par le même entrepreneur dans un lotissement. Dick réapparut sur le porche. Il tenait une guitare dans un étui verni. Il claqua la porte derrière lui et, en trois sauts, rejoignit la voiture.

— B.J. n'est pas là, annonça-t-il. Qu'est-ce qu'on fait ?

— On la lui rapportera, dis-je. Embarquez. Passez chez Ricardo, que je fasse remplir ce machin.

— Vous allez avoir une belle réputation, dit Judy.

— Oh ! assurai-je. On comprendra tout de suite que c'est vous qui m'avez entraîné dans vos sales orgies.

Nous refîmes en sens inverse le même trajet, mais la guitare me gênait. Je dis au garçon d'arrêter à quelque distance du bar et je descendis pour faire le plein. J'achetai un flask supplémentaire et je rejoignais le groupe. Dick et Judy, agenouillés sur le siège de devant, discutaient énergiquement avec la blonde.

— Qu'est-ce que vous en pensez, Lee, dit le garçon ? On va se baigner ?

— D'accord, dis-je. Vous me prêtez un slip ? Je n'ai rien ici...

— Oh ! On s'arrangera !... dit-il.

Il embraya et nous sortîmes de la ville. Preque aussitôt, il prit un chemin de traverse, juste assez large pour la Chrysler, et horriblement mal entretenu. Pas entretenu, en fait.

— On a un coin épatant pour se baigner, assura-t-il. Jamais personne ! Et une eau !...

— Rivière à truites?

— Oui. Du gravier et du sable blanc. Personne n'y vient jamais. Nous sommes les seuls à prendre ce chemin.

— Ça se voit, dis-je en soutenant ma mâchoire qui risquait de se décrocher à chaque cahot. Vous devriez changer le roadster contre un bulldozer.

— Ça fait partie de la rigolade, expliqua-t-il. Ça empêche les gens de venir fourrer leur vilain blase dans le quartier.

Il accéléra et je recommandai mes os au Créateur. Le chemin tourna brusquement, et, au bout de cent cinquante mètres, il s'arrêta. Il n'y avait plus que des fourrés. La Chrysler stoppa net devant un gros érable et Dick et Judy sautèrent à terre. Je descendis le premier, et j'attrapai Jicky au vol. Dick avait pris la guitare et fila devant. Je suivis bravement. Il y avait un étroit passage sous les branches et on découvrait tout d'un coup la rivière, fraîche et transparente comme un verre de gin. Le soleil était bas, mais la chaleur restait intense. Tout un côté de l'eau frissonnait dans l'ombre et l'autre brillait douce-

35

ment sous les rayons obliques. Une herbe drue, sèche et poudreuse descendait jusqu'à l'eau.

— Pas mal, ce coin, approuvai-je. Vous avez trouvé ça tout seuls ?

— Nous ne sommes pas si noix que ça, dit Jicky.

Et je reçus sur le cou une grosse motte de terre sèche.

— Si vous n'êtes pas sage, menaçai-je, vous n'aurez plus de lolo.

Je tapai sur ma poche pour accentuer la portée de mes paroles.

— Oh ! Ne vous fâchez pas, vieux chanteur de blues, dit-elle. Montrez plutôt ce que vous savez faire.

— Ce slip ? demandai-je à Dick.

— Vous en faites pas, dit-il. Il n'y a personne.

Je me retournai. Judy avait déjà retiré son sweat-shirt. Elle ne portait certainement pas grand-chose en dessous. Sa jupe glissa le long de ses jambes, et, en un rien de temps, elle fit voler en l'air ses chaussures et ses socquettes. Elle s'étala dans l'herbe complètement nue. Je dus avoir l'air assez stupide, car elle me rit au nez d'une façon si railleuse que je faillis perdre contenance. Dick et Jicky, dans la même tenue, vinrent s'écrouler à côté d'elle. Comble du ridicule, c'est moi qui paraissais gêné. Je notai, cependant, la maigreur du garçon, dont les côtes saillaient sous la peau tannée par le soleil.

— O.K., dis-je, je ne vois pas pourquoi je ferais des manières.

Je fis exprès de prendre mon temps. Je sais ce que je vaux à poil, et je vous assure qu'ils eurent le temps de s'en rendre compte pendant que je me déshabillais. Je fis craquer mes côtes en m'étirant un bon coup, et je m'assis près d'eux. Je n'étais pas encore calmé après mes petits accrochages avec Jicky, mais je ne fis rien pour dissimuler quoi que ce soit. Je suppose qu'ils attendaient que je me dégonfle.

J'empoignai la guitare. C'était une excellente Ediphone. Ce n'est pas très commode de jouer assis par terre, et je dis à Dick :

— Ça ne vous fait rien que j'aille chercher le coussin de la bagnole ?

— Je vais avec vous, dit Jicky.

Et elle fila comme une anguille à travers les branches.

Cela faisait un drôle d'effet de voir ce corps de gosse, sous cette tête de starlette, au milieu des buissons pleins d'ombres foncées. Je posai la guitare, et je la suivis. Elle avait de l'avance, et, quand j'atteignis la voiture, elle revenait déjà, chargée du lourd siège de cuir.

— Donnez ça ! dis-je.

— Laissez-moi tranquille, Tarzan ! cria-t-elle.

Je n'écoutai pas ses protestations, et je la saisis par derrière comme une brute. Elle lâcha le coussin et se laissa faire. J'aurais pris une guenon. Elle dut s'en rendre compte et se débattit de son mieux. Je me mis à rire. J'aimais ça. L'herbe était haute, à cet endroit-là, et douce comme un matelas pneumatique. Elle glissa sur le sol et je l'y rejoignis. Nous luttions tous les deux comme des sauvages. Elle était bronzée jusqu'à la pointe des seins, sans ces marques de soutien-gorge qui défigurent tant de filles nues. Et lisse comme un abricot, nue comme une petite fille, mais, quand je réussis à la tenir sous moi, je compris qu'elle en savait plus qu'une petite fille. Elle me donna le meilleur échantillon de technique que j'aie eu depuis bien des mois. Sous mes doigts, je sentais ses reins lisses et creusés, et, plus bas, ses fesses, fermes comme des melons d'eau. Cela dura dix minutes à peine. Elle fit mine de s'endormir, et, au moment où je me laissais aller à fond, elle me lâcha comme un ballot et s'enfuit, devant moi, vers la rivière. Je ramassai le coussin et je courus derrière elle. Au bord de l'eau, elle prit son élan, et plongea sans une éclaboussure.

— Vous vous baignez déjà ?

C'était la voix de Judy. Elle mâchait un petit brin de saule, étendue sur le dos, la tête sous les mains. Dick, vautré à côté d'elle, lui caressait les cuisses. Un des deux flasks gisait à terre, renversée. Elle vit mon regard.

— Oui... il est vide!... Elle rit. On vous en a laissé un...

Jicky barbotait, de l'autre côté de l'eau. Je fouillai dans la veste et je pris l'autre bouteille, et puis je plongeai. L'eau était tiède. Je me sentais merveilleusement en forme. Je sprintai à mort et je la rejoignis au milieu de la rivière. Il y avait peut-être deux mètres de fond et un courant presque insensible.

— Vous avez soif ? lui demandai-je en battant l'eau d'une seule main pour me tenir à la surface.

— Vous parlez ! assura-t-elle. Vous êtes esquintant avec vos façons de vainqueur du rodéo !

— Venez, dis-je. Faites la planche.

Elle se laissa aller sur le dos, et je me glissai sous elle, un bras en travers de son torse. Je lui tendis le flask de l'autre main. Elle le saisit et je laissai descendre mes doigts le long de ses cuisses. J'écartai doucement ses jambes, et, de nouveau, je la pris dans l'eau. Elle se laissait aller sur moi. Nous étions presque debout, et nous bougions juste assez pour ne pas tomber au fond.

III

Cela a continué comme cela jusqu'en septembre. Il y avait, dans leur bande, cinq ou six autres gosses, filles et garçons : B.J., celle à qui appartenait la guitare, assez mal faite, mais dont la peau avait une odeur extraordinaire, Susie Ann, une autre blonde, mais plus ronde que Jicky, et une fille châtain, insignifiante, qui dansait d'un bout de la journée à l'autre. Les garçons étaient aussi bêtes que je pouvais le souhaiter. Je n'avais pas recommencé la blague de partir en ville avec eux : j'aurais vite été coulé dans la région. Nous nous retrouvions près de la rivière, et ils gardaient le secret sur nos rencontres parce que j'étais une source de bourbon et de gin commode.

J'avais toutes les filles les unes après les autres, mais c'était trop simple, un peu écœurant.

Elles faisaient ça presque aussi facilement qu'on se lave les dents, par hygiène. Ils se conduisaient comme une bande de singes, débraillés, gourmands, bruyants et vicieux ; ça faisait mon affaire pour le moment.

Je jouais souvent de la guitare ; rien que cela aurait suffi, même si je n'avais pas été capable de donner la fessée à tous ces garçons-là en même temps, et d'une seule main. Ils m'apprenaient le jitterbug et le jive ; il ne me fallait guère de peine pour y arriver mieux qu'eux. Ce n'était pas leur faute.

Cependant, je pensais de nouveau au gosse, et je dormais mal. J'avais revu Tom deux fois. Il arrivait à tenir. On ne parlait plus de l'histoire là-bas. Les gens laissaient Tom tranquille dans son école, et, moi, ils ne m'avaient jamais beaucoup vu. Le père d'Anne Moran avait envoyé sa fille à l'Université du comté ; il continuait avec son fils. Tom me demanda si tout marchait bien pour moi, et je lui dis que mon compte en banque s'élevait déjà à cent vingt dollars. Je rognais sur tout, sauf sur l'alcool, et la vente des livres restait bonne. Je comptais sur un accroissement vers la fin de l'été. Il me recommanda de ne pas négliger mes devoirs religieux. Ça, c'était une chose dont j'avais pu me débarrasser, mais je m'arrangeais pour qu'on ne s'en aperçoive pas plus que du reste. Tom croyait en Dieu. Moi, j'allais à l'office du dimanche comme Hansen, mais je crois qu'on ne peut pas rester lucide et croire en Dieu, et il fallait que je sois lucide.

En sortant du temple, nous nous retrouvions à la rivière et nous nous repassions les filles, avec la même pudeur qu'une sacrée bande de singes en rut ; vraiment, c'est ce que nous étions, je vous le dis. Et puis, l'été s'est terminé sans qu'on le sente, et les pluies ont commencé.

Je suis retourné plus souvent chez Ricardo. Je passais de temps en temps au drugstore pour tailler une carpette avec les chats du coin ; réellement, je commençais à parler le jive mieux qu'eux, et j'avais des dispositions naturelles pour ça aussi. Il a commencé à rentrer de vacances toute une floppée des types les plus à l'aise de Buckton, ils revenaient de Floride ou de Santa Monica, que sais-je encore... Tous bien bronzés, bien blonds, mais pas plus que nous qui étions restés près de la rivière. Le magasin est devenu un de leurs lieux de rendez-vous.

Ceux-là ne me connaissaient pas encore, mais j'avais le temps qu'il fallait et je ne me pressais pas.

IV

Et puis, Dexter est revenu aussi. Ils m'en parlaient tous à m'en faire mal aux oreilles. Dexter habitait une des plus chics maisons du beau quartier de la ville. Ses parents restaient à New York, et lui séjournait toute l'année à Buckton, car il avait les poumons fragiles. Ils étaient originaires de Buckton, et c'est une ville où on peut étudier aussi bien qu'ailleurs. Je connaissais déjà la Packard de Dexter, ses clubs de golf, sa radio, sa cave et son bar, comme si j'avais passé ma vie chez lui : je n'ai pas été déçu en le voyant. C'était bien la sale petite crapule qu'il fallait que ce soit. Un type maigre, brun, un peu l'air indien, avec des yeux noirs sournois, des cheveux frisés, et une bouche mince sous un grand nez courbe. Il avait des mains horribles, de grands battoirs avec des ongles ras et comme plantés en travers, plus larges que longs et boursouflés comme les ongles de quelqu'un de mal portant.

Ils étaient tous après Dexter comme des chiens sur un morceau de foie. Je perdis un peu de mon importance en tant que pourvoyeur d'alcool, mais il me restait la guitare et je leur réservais quelques petits tours aux claquettes dont ils n'avaient pas la moindre idée. J'avais le temps. Il me fallait un gros morceau, et, dans la bande à Dexter, je trouverais sûrement ce que j'espérais, depuis que je rêvais du gosse toutes les nuits. Je crois que j'ai plu à Dexter. Il devait me détester à cause de mes muscles et de ma taille, et aussi de ma guitare, mais cela l'attirait. J'avais tout ce qui lui manquait. Et lui, il détenait le fric. Nous étions faits pour nous entendre. Et puis, il avait compris, dès le début, que j'étais prêt à pas mal de choses. Il ne se doutait pas de ce que je voulais ; non, il n'allait pas jusque-là ; comment y aurait-il pensé plus que les autres ? Il pensait simplement, je crois, qu'avec mon concours on allait pouvoir réussir quelques petites orgies particulièrement carabinées. En ce sens, il ne se trompait pas.

La ville était à peu près complète, maintenant; je commençais à débiter des cours de sciences naturelles, de géologie, de physique, et des tas d'autres trucs dans le genre. Ils m'envoyaient tous leurs copains. Les filles étaient terribles. A quatorze ans, elles s'arrangeaient déjà pour se faire peloter, et, pourtant, il faut y mettre du sien pour trouver un prétexte à pelotage en achetant un livre... Mais, à tout coup, ça rendait : elles me faisaient tâter leurs biceps pour constater le résultat des vacances, et, puis, de fil en aiguille, on passait aux cuisses. Elles exagéraient. J'avais tout de même quelques clients sérieux et je ménageais ma situation. Mais, à n'importe quelle heure du jour, ces gosses étaient chaudes comme des chèvres, et humides à dégouliner par terre. Sûr, ce n'est pas un travail de tout repos que d'être professeur dans une Université, si c'est déjà facile à ce point-là pour un marchand de bouquins. Quand les cours ont repris, j'ai été un peu plus tranquille. Elles ne venaient que l'après-midi. Ce qui est terrible, c'est que les garçons m'aimaient tous aussi. Ni mâles ni femelles, ces êtres-là ; sauf quelques-uns déjà bâtis comme des hommes, tous les autres avaient autant de plaisir que les filles à se fourrer dans mes pattes. Et toujours leur manie de danser sur place. Je ne me rappelle pas en avoir vu cinq ensemble sans qu'ils commencent à fredonner une rengaine quelconque et à s'agiter en mesure. Ça, ça me faisait du bien, c'est quelque chose qui venait de chez nous.

Je n'avais plus guère d'inquiétudes quant à

mon physique. Je crois que c'était impossible à soupçonner. Dexter m'a fait peur à l'occasion d'une des dernières baignades. J'étais en train de faire l'imbécile, à poil, avec une des filles, que je lançais en l'air en la faisant rouler sur mes bras comme un poupon. Il nous observait, derrière moi à plat ventre. Vilain spectacle que celui de ce gringalet avec ses cicatrices de ponction sur le dos ; il avait eu des pleurésies, par deux fois. Il me regardait en dessous et il m'a dit :

— Vous n'êtes pas bâti comme tout le monde, Lee, vous avez les épaules tombantes comme un boxeur noir.

J'ai laissé tomber la fille et je me suis mis en garde, et j'ai dansé autour de lui en chantant des paroles de ma composition, et ils ont tous ri, mais j'étais embêté. Dexter ne riait pas. Il continuait à me regarder.

Le soir, je me suis regardé dans la glace au-dessus de mon lavabo, et je me suis mis à rire à mon tour. Avec ces cheveux blonds, cette peau rose et blanche, vraiment, je ne risquais rien. Je les aurai. Dexter, c'est la jalousie qui le faisait parler. Et puis, j'avais vraiment les épaules tombantes. Quoi de mal à ça ? J'ai rarement si bien dormi que cette nuit-là. Deux jours après, ils organisaient une party chez Dexter pour le week-end. Tenue de soirée. J'ai été louer un smoking et le marchand me l'a arrangé en vitesse ; le type qui le portait avant moi devait être à peu près de ma taille, et ça ne clochait pas du tout.

J'ai encore pensé au gosse cette nuit-là.

V

Quand je suis entré chez Dexter, j'ai compris pourquoi la tenue de soirée : notre groupe était noyé dans une majorité de types « bien ». J'ai reconnu des gens tout de suite : le docteur, le pasteur, et d'autres du même genre. Un domestique noir est venu me prendre mon chapeau, et j'en ai aperçu deux autres encore. Et puis, Dexter m'a attrapé par le bras et m'a présenté à ses parents. J'ai compris que c'était son anniversaire. Sa mère lui ressemblait : une petite femme maigre et brune, avec de sales yeux, et, son père, le genre d'hommes qu'on a envie d'étouffer lentement sous son oreiller, tellement ils ont l'air de ne pas vous voir. B.J., Judy, Jicky et les autres, en robes de soirée, elles faisaient très gentil. Je ne pouvais pas m'empêcher de penser à leurs sexes en les voyant faire des manières pour boire un cocktail et se laisser inviter à danser par ces types à lunettes du genre sérieux. De temps en temps, on se lançait des clins d'yeux pour ne pas perdre contact. C'était trop navrant.

Il y avait réellement à boire. Dexter savait tout de même recevoir les copains. Je me suis présenté moi-même à une ou deux filles pour danser des rumbas et j'ai bu, il n'y avait pas grand-chose d'autre à faire. Un bon blues avec Judy m'a remis le cœur en place ; c'est une de celles que je baisais le moins souvent. Elle paraissait m'éviter en général, et je ne cherchais pas à l'avoir plus qu'une autre, mais j'ai cru, ce soir-là, que je ne sortirais pas vivant de ses cuisses ; bon Dieu ! quelle chaleur ! Elle a voulu me faire monter dans la chambre de Dexter, mais je n'étais pas trop sûr qu'on soit tranquille et je l'ai emmenée boire pour compenser, et puis, j'ai reçu une espèce de coup de poing entre les deux yeux en voyant le groupe qui venait d'entrer.

Il y avait trois femmes — deux jeunes ; une de quarante ans à peu près — et un homme — mais ne parlons pas de ceux-ci. Oui, j'ai su que j'avais enfin trouvé. Ces deux-là — et le gosse se retournerait de joie dans sa tombe. J'ai serré le bras de Judy, elle a dû croire que j'avais envie d'elle car elle s'est rapprochée de moi. Je les aurais bien mises toutes ensemble dans mon lit, rien que de voir ces filles. Je lâchai Judy et je lui caressai les fesses, sans ostentation, en laissant retomber mon bras.

— Qu'est-ce que c'est que ces deux poupées, Judy ?

— Ça vous intéresse, hein, vieux marchand de catalogues ?

— Dites ? d'où Dexter a-t-il pu sortir ces ravissantes ?

— Bonne société. Pas des bobby-soxers de faubourg, ça, vous savez, Lee. Et rien à faire pour les baignades !...

— Bougrement dommage ! A la rigueur, je crois que je prendrais même la troisième pour avoir les deux autres !

— Vous excitez pas comme ça, mon vieux ! Elles ne sont pas d'ici.

— D'où viennent-elles ?

— Prixville. Cent milles d'ici. Des vieux amis du père Dexter.

— Toutes les deux ?

— Ben oui, quoi ! Vous êtes idiot, ce soir, mon cher Joe Louis. Ce sont les deux sœurs, la mère et le père. Lou Asquith, Jean Asquith, Jean, c'est la blonde. L'aînée. Lou a cinq ans de moins qu'elle.

— Ça lui en fait seize ? avançai-je.

— Quinze. Lee Anderson, vous allez lâcher la bande et cavaler après les gonzesses de papa Asquith.

— Vous êtes idiote, Judy. Elles ne vous tentent pas, ces filles ?

— Je préfère les types ; excusez-moi, mais je me sens normale, ce soir. Faites-moi danser, Lee.

— Vous me présenterez ?

— Demandez ça à Dexter.

— O.K., dis-je.

Je lui fis danser les deux dernières mesures du disque qui s'achevait et je la plantai là. Dexter discutait le coup au bout du hall avec une poule quelconque. Je l'accrochai.

— Oh ! Dexter !

— Oui !

Il se retourna. Il avait l'air de rigoler en me regardant, mais je m'en foutais bien.

— Ces filles... Asquith... je crois ? Présentez-moi.

— Mais certainement, mon vieux. Venez avec moi.

De tout près, ça dépassait encore ce que j'avais vu du bar. Elles étaient sensationnelles. Je leur dis n'importe quoi et j'invitai la brune, Lou, à danser le slow que le changeur de disques venait de pêcher sous la pile. Bon sang ! Je bénissais le ciel et le type qui avait fait faire ce smoking à ma taille. Je la tenais un peu plus près qu'il n'est d'usage, mais, tout de même, je n'osais pas lui coller au corps comme nous nous collions les uns aux autres, quand ça nous prenait, dans la bande. Elle était parfumée avec un machin compliqué sûrement très cher ; probablement un parfum français. Elle avait des cheveux bruns qu'elle ramenait tout d'un seul côté de la tête, et des yeux jaunes de chat sauvage dans une figure triangulaire assez pâle ; et son corps... J'aime mieux ne pas y penser. Sa robe tenait toute seule, je ne sais pas comment, parce qu'il n'y avait rien pour l'accrocher, ni aux épaules ni autour du cou, rien, sauf ses seins, et je dois dire qu'on aurait pu faire tenir deux douzaines de robes de ce poids avec des seins aussi durs et aussi aigus. Je l'ai fait passer un peu vers la droite, et dans l'échancrure de mon smoking je sentais la pointe à travers ma chemise de soie, sur ma poitrine. Les autres, on voyait le bord de leur slip qui saillait à travers les étoffes, sur les cuisses, mais elle devait s'arranger autrement, car, des aisselles aux chevilles, sa ligne était aussi lisse qu'un jet de lait. J'ai essayé de lui parler tout de même. Je l'ai fait sitôt après avoir repris ma respiration.

— Comment se fait-il qu'on ne vous voie jamais ici ?

— On me voit, ici. La preuve.

Elle se rejeta un peu en arrière pour me regarder. J'étais plus grand qu'elle d'une bonne tête.

— Je veux dire, en ville...

— Vous me verriez si vous alliez à Prixville.

— Alors, je crois que je vais louer quelque chose à Prixville.

J'avais hésité avant de lui assener ça. Je ne voulais pas aller trop vite, mais, avec ces filles, on ne peut pas savoir. Il faut prendre des risques. Ça n'a pas eu l'air de l'émouvoir. Elle sourit un peu, mais ses yeux restaient froids.

— Vous ne me verriez pas forcément, même comme ça.

— Je pense qu'il y a pas mal d'amateurs...

Décidément, je fonçais comme une brute. On ne s'habille pas comme ça quand on a froid aux yeux.

— Oh ! dit-elle. Il n'y a pas beaucoup de gens intéressants à Prixville.

— Ça va, dis-je. Alors, j'ai des chances ?

— Je ne sais pas si vous êtes intéressant.

Attrape. Après tout, j'avais cherché ce qui m'arrivait. Mais je ne lâchai pas si vite.

— Qu'est-ce qui vous intéresse ?

— Vous n'êtes pas mal. Mais cela peut tromper. Je ne vous connais pas.

— Je suis un ami de Dexter, de Dick Page et des autres.

— Je connais Dick. Mais Dexter est un drôle de type...

— Il a beaucoup trop de fric pour être réellement drôle, dis-je.

— Alors, je crois que vous n'aimeriez pas du tout ma famille. Vous savez, nous avons vraiment pas mal d'argent aussi...

— Ça se sent..., dis-je en approchant un peu ma figure de ses cheveux.

Elle sourit de nouveau.

— Vous aimez mon parfum ?

— J'adore ça.

— C'est curieux..., dit-elle. J'aurais juré que vous préfériez l'odeur des chevaux, de la graisse d'armes ou de l'embrocation.

— Ne me mettez pas en boîte..., repris-je. Ce n'est pas de ma faute si je suis bâti comme ça, et si je n'ai pas une tête de chérubin.

— J'ai horreur des chérubins, dit-elle. Mais j'ai encore plus horreur des hommes qui aiment les chevaux.

— Je n'ai jamais approché, de près ou de loin, un de ces volatiles, dis-je. Quand est-ce que je peux vous revoir ?

— Oh !... Je ne suis pas encore partie, dit-elle. Vous avez toute la soirée devant vous.

— Ce n'est pas assez.

— Ça dépend de vous.

Elle me lâcha comme ça, car le morceau venait de finir. Je la regardais se glisser à travers les couples, et elle se retourna pour me rire au nez, mais ce n'était pas un rire décourageant.

57

Elle avait une ligne à réveiller un membre du Congrès.

Je retournai au bar. J'y trouvai Dick et Jicky. Ils étaient en train de siroter un Martini. Ils semblaient s'ennuyer ferme.

— Oh, Dick ! lui dis-je. Vous riez trop. Ça va vous déformer la poire...

— Ça va, l'homme aux longs tifs, dit Jicky ? Qu'est-ce que vous venez de faire ? Le shag avec une négresse ! Ou chasser la poule de luxe ?

— Pour un type aux longs tifs, rétorquai-je, je commence à swinguer un peu. Filons seulement d'ici avec quelques gens sympathiques et je vous montrerai ce que je sais faire.

— Des gens sympathiques avec des yeux de chat et des robes sans épaulettes, hein ?

— Jicky, ma jolie, dis-je en m'approchant d'elle et la saisissant par les poignets, vous n'allez pas me reprocher d'aimer les jolies filles ?

Je la serrai un peu contre moi en la regardant bien dans les yeux. Elle riait de toute sa figure.

— Vous vous embêtez, Lee. Vous avez assez de la bande ? Après tout, vous savez, je ne suis pas non plus un mauvais parti ; mon père fait tout de même vingt mille par an.

— Enfin, vous vous amusez ici, vous ? Je trouve ça mortel. Prenons des bouteilles et filons ailleurs. On étouffe sous ces sacrés machins bleu foncé...

— Vous supposez que Dexter sera content ?

— Je suppose que Dexter a autre chose à faire que s'occuper de nous.

— Et vos jolies ? Vous croyez qu'elles vont venir comme ça ?

— Dick les connaît..., affirmai-je en lui jetant un regard en coulisse.

Dick, moins abruti que d'habitude, se tapa sur les cuisses.

— Lee, vous êtes un vrai dur. Vous ne perdez pas le nord !

— Je croyais que j'étais un gars à longs tifs.

— Ça doit être une perruque.

— Cherchez-moi ces deux créatures, dis-je, et amenez-les par ici. Ou, plutôt, tâchez de les faire monter dans ma bagnole, dans la vôtre, si vous préférez.

— Mais, sous quel prétexte ?

— Oh ! Dick ! assurai-je, vous avez sûrement des tas de souvenirs d'enfance à évoquer avec ces donzelles !...

Il partit, découragé, en rigolant. Jicky écoutait ça et se payait ma tête. Je lui fis un signe. Elle se rapprocha.

— Vous, dis-je, dégottez Judy et Bill, avec sept ou huit fioles.

— Où est-ce qu'on va aller ?

— Où est-ce qu'on peut aller ?

— Mes parents ne sont pas là, dit Jicky.

Juste mon petit frère. Il dormira. Venez à la maison.

— Vous êtes un vrai as, Jicky. Parole d'Indien.

Elle baissa la voix.

— Vous me le ferez ?...

— Quoi ?

— Vous me le ferez, Lee ?

— Oh !... Bien sûr, dis-je.

J'avais beau être habitué à Jicky, je crois que maintenant, j'aurais pu le lui faire tout de suite. C'était assez excitant de la voir en robe du soir avec sa vague de cheveux lisses le long de la joue gauche, ses yeux un peu obliques et sa bouche d'ingénue. Elle respirait plus vite et ses joues avaient rosi.

— C'est stupide, Lee... Je sais qu'on le fait tout le temps. Mais j'aime ça !

— Ça va, Jicky, dis-je, en lui caressant l'épaule. On le fera encore plus d'une fois avant d'être morts...

Elle me serra le poignet très fort et fila avant que je puisse la retenir. J'aurais voulu lui dire maintenant, lui dire ce que j'étais ; j'aurais voulu, pour voir sa figure..., mais Jicky ne constituait pas une proie à ma taille. Je me sentais fort comme John Henry et mon cœur à moi ne risquait point de se casser.

Je me retournai vers le buffet et je demandai

un double Martini au type qui se tenait derrière. J'avalai ça d'un seul coup et je tâchai de travailler un peu pour aider Dick.

L'aînée des filles Asquith apparut dans le secteur. Elle bavardait avec Dexter. Il me plaisait encore moins que d'habitude avec sa mèche noire sur le front. Son smoking lui allait vraiment bien. Dedans, il paraissait presque bien bâti, et son teint foncé sur la chemise blanche, ça faisait assez « Passez vos vacances au *Splendid* à Miami ».

Je m'approchai d'eux, carrément.

— Dex, dis-je. Est-ce que vous allez me tuer si j'invite Miss Asquith à danser ce slow ?

— Vous êtes beaucoup trop fort pour moi, Lee, répondit Dexter. Je ne me bats pas avec vous.

Réellement, je crois qu'il s'en fichait, mais c'était difficile de savoir ce que le ton de ce garçon-là pouvait vouloir dire. J'avais déjà enlacé Jean Asquith.

Je crois que je préférais tout de même sa sœur Lou. Mais, jamais je ne leur aurais donné cinq ans de différence. Jean Asquith était presque à ma taille. Elle avait au moins quatre pouces de plus que Lou. Elle portait une robe deux-pièces en machin noir transparent, en sept ou huit épaisseurs pour la jupe, avec un soutien-gorge complètement tarabiscoté, mais qui tenait vraiment la place minimum. Sa peau était ambrée avec quelques taches de rousseur sur les épaules et sur les tempes, et ses cheveux, coupés très court et frisés, lui faisaient une tête toute ronde. Elle avait aussi la figure plus ronde que Lou.

— Est-ce que vous trouvez qu'on s'amuse, ici ? demandai-je.

— C'est toujours la même chose, ces parties. Celle-ci n'est pas pire qu'une autre.

— Pour l'instant, dis-je, je la préfère à une autre.

Cette fille savait danser. Je n'avais vraiment pas grand travail. Et puis, je ne me gênais pas pour la tenir plus près que sa sœur, car elle pouvait me parler sans me regarder d'en bas. Elle appuyait sa joue sur la mienne ; en baissant les yeux, j'avais le panorama d'une oreille bien ourlée, de ses drôles de cheveux courts, et de son épaule ronde. Elle sentait la sauge et les herbes sauvages.

— Quel parfum avez-vous ? continuai-je, car elle ne répondait pas.

— Je ne me parfume jamais, dit-elle.

Je n'insistai pas sur ce genre de conversation et je risquai le paquet.

— Qu'est-ce que vous diriez d'aller dans un endroit où on s'amuserait pour de bon ?

— C'est-à-dire ?

Elle parlait d'une voix nonchalante, sans lever la tête, et ce qu'elle disait paraissait venir de derrière moi.

— C'est-à-dire où on pourrait boire suffisamment, fumer suffisamment et danser avec suffisamment de place.

— Ça changerait d'ici, dit-elle. Ça rappelle plutôt une danse de tribu qu'autre chose.

De fait, nous n'avions pu réussir à changer de place depuis cinq minutes, et nous piétinions en cadence, sans avancer ni reculer. Je relâchai mon étreinte et, sans cesser de la tenir par la taille, je la guidai vers la sortie.

— Venez, alors, dis-je. Je vous emmène chez des copains.

— Oh ! Je veux bien, dit-elle.

Je me retournai vers elle au moment où elle répondait et je reçus son haleine en pleine figure. Dieu me pardonne si elle n'avait pas bu sa demi-bouteille de gin.

— Qu'est-ce que c'est, vos copains ?

— Oh ! des types très gentils, assurai-je.

Nous traversâmes le vestibule sans encombre. Je ne pris pas la peine de chercher sa cape. L'air était tiède et tout parfumé par le jasmin du porche.

— Au fond, remarqua Jean Asquith en s'arrêtant dans la porte, je ne vous connais pas du tout.

— Mais si..., dis-je en l'entraînant, je suis ce vieux Lee Anderson.

Elle éclata de rire et se laissa aller en arrière.

— Mais oui, Lee Anderson... Venez, Lee... Ils nous attendent.

Maintenant, j'avais du mal à la suivre. Elle dégringola les cinq marches en deux secondes et je la rattrapai dix mètres plus loin.

— Ho !... Pas si vite !... dis-je.

Je l'empoignai à pleins bras.

— La bagnole est là.

Judy et Bill m'attendaient dans la Nash.

— On a du liquide, souffla Judy. Dick est devant avec les autres.

— Lou Asquith ? murmurai-je.

— Oui, don Juan. Elle y est. Roulez.

Jean Asquith, la tête renversée sur le dossier du siège avant, tendit vers Bill une main molle.

— Hello ! Comment allez-vous ? Il pleut ?

— Sûrement pas ! dit Bill. Le baromètre annonce une dépression de dix-huit pieds de mercure, mais c'est seulement pour demain.

— Oh ! dit Jean, jamais la voiture ne montera si haut.

— Ne dites pas de mal de ma Duesenberg, protestai-je. Vous n'avez pas froid ?

Je me penchai pour chercher une hypothétique couverture, et je remontai sa jupe jusqu'aux genoux, par mégarde, en l'accrochant avec les boutons de ma manche. Sainte fumée, quelles jambes !...

— Je meurs de chaleur, assura Jean d'une voix incertaine.

J'embrayai et suivis la voiture de Dick qui venait de démarrer par devant. Il y avait une rangée de bagnoles de tout poil devant la maison de Dexter et j'en aurais bien pris une pour remplacer mon antique Nash. Mais j'y arriverai sans bagnole neuve.

Jicky n'habitait pas trop loin, dans un pavillon de style Virginie. Le jardin, entouré d'une haie d'arbustes assez hauts, se distinguait de ceux du coin.

Je vis le feu rouge de Dick s'immobiliser puis s'éteindre, et les feux de position s'allumer ; j'arrêtai à mon tour et j'entendis claquer la portière du roadster. Il en sortit quatre personnes, Dick, Jicky et Lou et un autre type. Je le reconnus à sa manière de monter l'escalier de la maison, c'était le petit Nicholas. Dick et lui tenaient chacun deux bouteilles et je vis que Judy et Bill en avaient autant. Jean Asquith ne faisait pas mine de vouloir descendre de la Nash et je fis le tour de la voiture. J'ouvris la portière et je glissai un bras sous ses genoux et un sous son cou. Elle en avait un fameux coup dans le nez. Judy s'arrêta derrière moi.

— Elle est groggy, votre douce amie, Lee. Vous l'avez boxée ?

— Sais pas si c'est moi ou si c'est le gin qu'elle a bu, grognai-je, mais ça n'a rien à voir avec le sommeil de l'innocence.

— C'est le moment d'en profiter, mon cher, allez-y.

— Vous me cassez les pieds. C'est trop facile avec une femme saoule.

— Dites donc vous autres !

C'était la douce voix de Jean. Elle se réveillait.

— Vous avez fini de me balader en l'air ?

Je vis le moment où elle allait vomir et je bondis dans le jardin de Jicky. Judy referma la porte sur nous et je tins la tête de Jean pendant qu'elle s'exécutait. C'était du propre. Rien que du gin pur. Et aussi dure à soutenir qu'un cheval. Elle se laissait complètement aller. Je la maintins d'une seule main.

— Retirez-moi ma manche, soufflai-je à Judy.

Elle fit passer la manche du smoking le long de mon bras, et je changeai de côté pour tenir l'aînée des Asquith.

— Ça va, dit Judy quand l'opération fut terminée. Je vous le garde. Ne vous pressez pas.

Bill, pendant ce temps, était parti avec les bouteilles.

— Où est-ce qu'il y a de l'eau, ici ? demandai-je à Judy.

66

— Dans la maison. Venez, on peut passer par derrière.

Je la suivis dans le jardin en traînant Jean qui trébuchait à chaque pas sur le gravier de l'allée. Seigneur ! Que cette fille était lourde ! J'avais de quoi m'occuper les mains. Judy me précéda dans l'escalier et me conduisit à l'étage. Les autres menaient déjà grand bruit dans le living-room dont la porte fermée, heureusement, amortissait leurs cris. Je montai à tâtons, dans le noir, me guidant sur la tache claire que faisait Judy. En haut, elle réussit à trouver un commutateur et j'entrai dans la salle de bains. Il y avait un grand tapis de caoutchouc mousse à alvéoles devant la baignoire.

— Mettez-la là-dessus, dit Judy.

— Pas de blagues, dis-je. Enlevez-lui sa jupe.

Elle manœuvra la fermeture éclair et enleva la légère étoffe en un tournemain. Elle roula les bas le long des chevilles. Réellement, je ne savais pas ce que c'était qu'une fille bien bâtie avant d'avoir vu Jean Asquith nue, sur ce tapis de bain. C'était un rêve. Elle avait les yeux fermés et bavait un petit peu. Je lui essuyai la bouche avec une serviette. Pas pour elle, pour moi, Judy s'affairait dans la pharmacie.

— J'ai trouvé ce qu'il faut, Lee. Faites-lui boire ça.

— Elle ne pourra pas boire maintenant. Elle dort. Elle n'a plus rien dans l'estomac.

— Alors, allez-y, Lee. Ne vous gênez pas pour moi. Quand elle sera réveillée, peut-être qu'elle ne marchera pas.

— Vous allez fort, Judy.

— Ça vous gêne que je sois habillée ?

Elle alla vers la porte et tourna la clé dans la serrure. Et puis, elle retira sa robe et son soutien-gorge. Elle n'avait plus que ses bas.

— C'est à vous, Lee.

Elle s'assit sur la baignoire, les jambes écartées et me regarda. Je ne pouvais plus attendre. Je flanquai toutes mes frusques en l'air.

— Collez-vous sur elle, Lee. Dépêchez-vous.

— Judy, lui dis-je, vous êtes dégueulasse.

— Pourquoi ? Ça m'amuse de vous voir sur cette fille-là. Allons, Lee, allons...

Je me laissai tomber sur la fille, mais cette sacrée Judy m'avait coupé le souffle. Ça ne carburait plus du tout. Je restai agenouillé, elle était entre mes jambes. Judy se rapprocha encore. Je sentis sa main sur moi, et elle me guida où il fallait. Elle laissait sa main. J'ai manqué gueuler tellement ça m'excitait. Jean Asquith restait immobile, et puis, mes yeux sont tombés sur la figure, elle bavait encore. Elle a ouvert les siens à moitié, et puis les a refermés et j'ai senti qu'elle commençait à remuer un peu — à remuer les

68

reins — et Judy continuait pendant ce temps-là et, de l'autre main, elle me caressait le bas du corps.

Judy s'est relevée. Elle a marché dans la pièce et la lumière s'est éteinte. Elle n'osait tout de même pas tout faire en plein jour. Elle est revenue et je pensais qu'elle voulait recommencer, mais elle s'est penchée sur moi, elle m'a tâté. J'étais encore en place, et elle s'est étendue à plat ventre sur mon dos, en sens contraire, et, au lieu de sa main, maintenant, c'était sa bouche.

VI

Je me suis tout de même rendu compte, au
bout d'une heure que les autres allaient trouver
ça bizarre, et j'ai réussi à me dégager de ces
deux filles. Je ne sais plus très bien à quel endroit
de la salle nous étions. J'avais la tête qui me
tournait un peu et le dos me faisait mal. J'étais
lacéré sur les hanches où les ongles de Jean
Asquith m'avaient griffé sans ménagement. J'ai
rampé jusqu'au mur et je me suis orienté, et puis
j'ai trouvé le commutateur. Judy remuait pendant ce temps-là. J'ai allumé et je l'ai vue assise
par terre et se frottant les yeux. Jean Asquith
était à plat ventre sur le tapis de caoutchouc, la
tête sur les bras, elle avait l'air de dormir. Seigneur, les reins de cette fille ! J'ai remis en
vitesse ma chemise et mon pantalon. Judy se
refaisait une beauté devant le lavabo. Et puis,

j'ai pris une serviette de bain et je l'ai trempée dans l'eau. J'ai soulevé la tête de Jean Asquith pour la réveiller — elle avait les yeux grands ouverts — et, ma parole, elle riait. Je l'ai attrapée par le milieu du corps, et je l'ai assise sur le rebord de la baignoire.

— Une bonne douche vous ferait du bien.

— Je suis trop fatiguée, dit-elle. Je crois que j'ai un peu bu.

— Je crois aussi, dit Judy.

— Oh ! Pas tellement ! assurai-je. Vous aviez surtout besoin d'un petit somme.

Alors, elle se leva et s'accrocha à mon cou, et elle savait embrasser aussi. Je me suis dégagé en douceur et je l'ai collée dans la baignoire.

— Fermez les yeux et levez la tête...

Je tournai les robinets du mélangeur et elle reçut la douche. Sous l'eau tiède, son corps se tendait et je voyais les pointes de ses seins se faire plus foncées et saillir doucement.

— Ça fait du bien...

Judy remontait ses bas.

— Grouillez-vous, vous deux. Si on descend tout de suite, on aura peut-être encore un peu à boire.

J'empoignai un peignoir. Jean ferma le robinet et je la saisis dans l'étoffe spongieuse. Elle aimait certainement ça.

— Où sommes-nous ? dit-elle. Chez Dexter ?

— Chez d'autres amis, dis--je. Je trouve qu'on s'embêtait chez Dexter.

— Vous avez bien fait de m'emmener, dit-elle. Ici c'est plus vivable.

Elle était bien sèche. Je lui tendis sa robe en deux morceaux.

— Remettez ça. Arrangez-vous la figure et venez.

Je me dirigeai vers la porte. Je l'ouvris devant Judy qui descendit l'escalier en trombe. Je m'ap-prêtais à la suivre.

— Attendez-moi, Lee...

Jean se tournait vers moi pour que je ferme son soutien-gorge. Je lui mordis doucement la nuque. Elle se renversa en arrière.

— Vous dormirez encore avec moi ?

— Très volontiers, dis-je. Quand vous vou-drez.

— Tout de suite ?...

— Votre sœur va se demander ce que vous faites.

— Lou est ici ?

— Bien sûr !...

— Oh !... C'est très bien, dit Jean. Comme ça, je pourrai la surveiller.

— Je crois que votre surveillance ne peut que lui être utile, assurai-je.

— Comment la trouvez-vous, Lou ?

— Je dormirais bien avec elle aussi, dis-je.

Elle rit de nouveau.

— Je la trouve formidable. Je voudrais être comme elle. Si vous la voyiez déshabillée...

— Je ne demande pas mieux, dis-je.

— Dites donc ! Vous êtes un parfait goujat !

— Excusez-moi ! Je n'ai pas eu le temps d'apprendre les bonnes manières.

— J'aime bien vos manières, dit-elle en me regardant d'un air câlin.

Je passai mon bras autour de sa taille et l'entraînai vers la porte.

— Il est temps que nous descendions.

— J'aime bien votre voix aussi.

— Venez.

— Vous voulez m'épouser ?

— Ne dites donc pas de bêtises.

Je commençai à descendre l'escalier.

— Je ne dis pas de bêtises. Vous devez m'épouser, maintenant.

Elle avait l'air parfaitement tranquille et sûre de ce qu'elle disait.

— Je ne peux pas vous épouser.

— Pourquoi ?

— Je crois que je préfère votre sœur.

Elle rit encore.

— Lee, je vous adore !

— Bien obligé, dis-je.

Ils étaient tous dans le living-room, menant grand tapage. Je poussai la porte et je laissai

74

passer Jean. Notre arrivée fut saluée par un concert de grognements. Ils avaient ouvert des boîtes de poulet en gelée et mangaient comme des pourceaux. Bill, Dick et Nicholas étaient en manches de chemise et couverts de sauce. Lou avait une énorme tache de mayonnaise sur sa robe, du haut en bas. Quant à Judy et Jicky, elles s'empiffraient avec la plus belle inconscience. Je notai que cinq des bouteilles se trouvaient en voie de disparition.

La radio débitait en sourdine un concert de musique de danse.

En voyant le poulet, Jean Asquith poussa un cri de guerre et s'empara à pleines mains d'un gros morceau dans lequel elle mordit sans plus attendre. Je m'installai à mon tour et remplis mon assiette.

Décidément, ça s'annonçait très bien.

VII

A trois heures du matin, Dexter a téléphoné.
Jean continuait avec application à se confection-
ner une seconde cuite encore plus belle que la
première et j'en avais profité pour laisser Nicholas s'en occuper. Je ne quittais guère sa sœur, et
je la faisais boire autant que je pouvais ; mais
elle ne se laissait pas faire et je devais y mettre
beaucoup d'astuce. Dexter nous prévenait que
les parents Asquith commençaient à s'étonner
de ne plus voir leurs filles. Je lui demandai comment il avait trouvé notre lieu de réunion, et il se
borna à rire au bout du fil. Je lui expliquai pourquoi nous étions partis.

— Ça va, Lee, dit-il. Je sais bien que, chez
moi, il n'y avait rien à faire pour s'en payer, ce
soir. Trop de gens sérieux.

— Venez nous rejoindre, Dex, protestai-je.

— Vous n'avez plus rien à boire ?

— Non, dis-je. C'est pas ça, mais ça vous changerait les idées.

Comme toujours, ce type était cinglant, et, comme toujours, il avait un ton parfaitement innocent.

— Je ne peux pas m'en aller, dit-il. Sans ça, je viendrais. Qu'est-ce que je dis aux parents ?

— Dites-leur qu'on leur ramènera leurs fillettes à domicile.

— Je ne sais pas s'ils aimeront ça, Lee, vous savez...

— Elles sont d'âge à se débrouiller toutes seules.

— D'accord, Lee, mais ils savent bien qu'elles ne sont pas toutes seules.

— Arrangez ça, mon vieux Dexter, je compte sur vous.

— O.K., Lee. J'arrangerai ça. Au revoir.

— Au revoir.

Il raccrocha. J'en fis autant de mon côté et je retournai à mes occupations. Jicky et Bill commençaient quelques petits exercices pas pour jeunes filles de bonne famille, et j'étais curieux d'observer les réactions de Lou. Elle se mettait tout de même à boire un peu. Cela n'eut pas l'air de la frapper, même quand Bill se mit à défaire la robe de Jicky.

— Qu'est-ce que je vous donne ?

— Whisky.

— Grouillez-vous de boire ça, et puis on va danser.

Je l'empoignai et je tâchai de l'entraîner dans une autre pièce.

— Qu'est-ce qu'on va faire, par là ?

— Ils font trop de bruit, ici.

Elle me suivit sans rien dire. Elle s'assit sur un divan à côté de moi, sans protester, mais lorsque je me mis à la peloter, je reçus une de ces paires de beignes qui comptent dans la vie d'un homme. J'étais dans une colère terrible, mais je réussis à rester souriant.

— Bas les pattes, dit Lou.

— Vous allez fort, lui dis-je.

— Ce n'est pas moi qui ai commencé.

— Ce n'est pas une raison. Vous supposiez que c'était une réunion de l'école du dimanche ? Ou pour jouer à bingo ?

— Je n'ai pas envie d'être le gros lot.

— Que vous le vouliez ou non, vous êtes le gros lot.

— Vous pensez à la galette de mon père.

— Non, dis-je. A ça.

Je la renversai sur le divan et j'arrachai le devant de sa robe. Elle se débattait comme un beau diable. Ses seins jaillirent de la soie claire.

— Lâchez-moi. Vous êtes une brute !

— Non, dis-je. Je suis un homme.

— Vous me dégoûtez, dit-elle en tentant de se dégager. Qu'est-ce que vous avez fait pendant une heure, là-haut, avec Jean ?

— Mais je n'ai rien fait, dis-je. Vous savez bien que Judy était avec nous.

— Je commence à savoir ce que c'est que votre bande, Lee Anderson, et quel genre de types vous fréquentez.

— Lou, je vous jure que je n'ai pas touché à votre sœur autrement que pour la dessaouler.

— Vous mentez. Vous n'avez pas vu sa tête quand elle est redescendue.

— Ma parole, dis-je. On jurerait que vous êtes jalouse !

Elle me regarda avec stupeur.

— Mais... qui êtes-vous ?... Pour qui vous prenez-vous ?

— Vous croyez que, si j'avais... touché à votre sœur, j'aurais encore envie de m'occuper de vous ?

— Elle n'est pas mieux que moi !

Je la tenais toujours sur le divan. Elle avait cessé de se débattre. Sa poitrine se soulevait précipitamment. Je me penchai sur elle et je baisai ses seins, longuement, l'un après l'autre, en

80

caressant leurs pointes avec ma langue. Puis, je me relevai.

— Non, Lou, dis-je. Elle n'est pas mieux que vous.

Je la lâchai et je reculai vivement car je m'attendais à une réaction violente. Alors, elle se tourna de l'autre côté et elle se mit à pleurer.

VIII

Après, j'ai repris le travail de tous les jours.
J'avais amorcé, je devais attendre et laisser les
choses se faire elles-mêmes. Réellement, je savais
que je les reverrais. Jean, je ne croyais pas
qu'elle puisse m'oublier après lui avoir vu des
yeux comme cela, et Lou, eh bien, je comptais
un peu sur son âge et aussi sur ce que je lui
avais dit et fait chez Jicky.

Je reçus, la semaine qui vint, toute une car-
gaison de nouveaux bouquins qui m'annoncè-
rent la fin de l'automne et l'approche de l'hiver ;
je continuais à bien me débrouiller et à mettre
des dollars de côté. J'en avais, maintenant, un
assez joli paquet. Une misère, mais cela me
suffisait. Je dus faire quelques dépenses. Pour
m'habiller à neuf et puis pour faire retaper la

voiture. J'avais remplacé, un certain nombre de fois, le guitariste dans le seul orchestre potable de la ville, qui jouait au *Stork Club*. Je pense que ce *Stork-Club*-là n'avait pas de rapport avec l'autre, celui de New York, mais les jeunes types à lunettes y venaient volontiers avec les filles des agents d'assurances, ou des marchands de tracteurs du pays. Ça me faisait un peu de fric en plus et je vendais des livres aux gens que je pouvais raccrocher là. Les copains de la bande y mettaient quelquefois les pieds aussi. Je continuais à les voir régulièrement, et je couchais toujours avec Judy et Jicky. Je ne pouvais pas me débarrasser de Jicky. Mais, heureusement que j'avais ces deux filles car j'étais dans une forme sensationnelle. En dehors de tout ça, je faisais de l'athlétisme et je prenais des muscles de boxeur.

Et puis, un soir, une semaine après la soirée chez Dex, j'ai reçu une lettre de Tom. Il me demandait de venir le plus tôt possible. J'ai profité du samedi et j'ai filé sur la ville. Je savais que Tom m'écrivait pour quelque chose, et je pensais que ça n'était pas du gâteau.

Ces types, pour les élections, avaient saboté le vote sur l'ordre du sénateur, la plus damnée crapule qu'on puisse trouver dans le pays, Balbo. Depuis que les Noirs votaient, il multipliait les provocations. Il avait fait tant et si bien que, deux jours avant le vote, des hommes à lui dispersaient les réunions des Noirs et en laissaient deux sur le carreau.

Mon frère, en sa qualité d'instituteur à l'école noire, avait protesté publiquement et envoyé une lettre, et il s'était fait rouer de coups le lendemain. Il m'écrivait de venir le prendre avec la voiture pour changer d'endroit.

Il m'attendait dans la maison, seul dans la pièce sombre ; il était assis sur une chaise. Son large dos tout courbé et sa tête dans ses mains me firent mal, je sentais le sang de la colère, mon bon sang noir, déferler dans mes veines et chanter à mes oreilles. Il se leva et me prit par les épaules. Sa bouche était tuméfiée et il parlait avec peine. Comme j'allais lui taper sur le dos pour tâcher de le consoler, il arrêta mon geste.

— Ils m'ont cravaché, dit-il.

— Qui a fait ça ?

— Les hommes de Balbo et le fils Moran.

— Encore celui-là !...

Mes poings se serraient malgré moi. Une colère sèche m'envahissait peu à peu.

— Veux-tu qu'on le descende, Tom ?

— Non, Lee. Nous ne pouvons pas. Ta vie serait finie. Toi tu as une chance, tu n'as pas les marques.

85

— Mais tu vaux mieux que moi, Tom.

— Regarde mes mains, Lee. Regarde mes ongles. Regarde mes cheveux et regarde mes lèvres. Je suis Noir, Lee. Je ne peux pas y échapper. Toi !...

Il s'arrêta et me regardait. Ce type-là m'aimait vraiment.

— Toi, Lee, tu dois en sortir. Dieu t'aidera à en sortir. Il t'aidera, Lee.

— Dieu s'en fiche bien, dis-je.

Il sourit. Il savait mon peu de conviction.

— Lee, tu as quitté cette ville trop jeune, et tu as perdu ta religion, mais Dieu te pardonnera quand le moment sera venu. Ce sont les hommes qu'il faut fuir. Mais tu dois aller à Lui, les mains et le cœur grand ouverts.

— Où vas-tu aller, Tom ? Veux-tu de l'argent ?

— J'ai de l'argent, Lee. Je voulais quitter la maison avec toi. Je veux...

Il s'arrêta. Les mots sortaient difficilement de sa bouche déformée.

— Je veux brûler la maison, Lee. Notre père l'avait construite. Nous lui devons tout ce que nous sommes. C'était presque un Blanc, pour la couleur, Lee. Mais, souviens-toi qu'il n'a jamais songé à renier sa race. Notre frère est mort et personne ne doit posséder la maison que notre père avait construite de ses deux mains de nègre.

Je n'avais rien à dire. J'aidai Tom à faire ses paquets et nous les empilâmes sur la Nash. La maison, assez isolée, se trouvait en bordure de la ville. Je laissai Tom terminer et je sortis pour parfaire l'arrimage des colis.

Il me rejoignit quelques minutes plus tard.

— Allons, dit-il, allons-nous en, puisque le temps n'est pas encore venu où la justice règnera sur cette terre pour les hommes noirs.

Une lueur rouge clignotait dans la cuisine, et elle s'agrandit d'un coup. Il y eut l'explosion sourde d'un bidon d'essence qui éclate et la lueur gagna la fenêtre de la pièce voisine. Et puis, une longue flamme creva le mur de planches et le vent attisa l'incendie. La lueur dansait tout autour et la figure de Tom, dans la lumière rouge, brillait de sueur. Deux grosses larmes roulèrent sur ses joues. Alors, il me mit la main sur l'épaule et nous nous retournâmes pour partir.

Je pense que Tom aurait pu vendre la maison ; avec l'argent, c'était possible de causer des ennuis aux Moran, peut-être d'en démolir un des trois, mais je ne voulais pas l'empêcher de faire à son idée. Je faisais à la mienne. Il lui restait trop de ces préjugés de bonté et de divinité dans la tête. Il était trop honnête, Tom, c'est ce qui le perdrait. Il croyait qu'en faisant le bien, on récoltait le bien, or, quand ça arrive, ce n'est qu'un hasard. Il n'y a qu'une chose qui compte, c'est de se venger et se venger de la manière la plus complète qui soit. Je pensais au gosse qui était encore plus blanc que moi, si possible. Lorsque le père d'Anne Moran avait su qu'il courtisait sa fille, et qu'ils sortaient ensemble, cela n'avait pas traîné. Mais le gosse n'était jamais sorti de la ville ; moi, je venais d'en rester éloigné pendant plus de dix ans, et au contact des gens qui ne connaissaient pas mon origine, j'avais pu perdre cette humilité abjecte qu'ils nous ont donnée, peu à peu, comme un réflexe, cette humilité odieuse, qui faisait proférer des paroles de pitié aux lèvres déchirées de Tom, cette terreur qui poussait nos frères à se cacher en entendant les pas de l'homme blanc ; mais je savais bien qu'en lui prenant sa peau, nous le tenions, car il est bavard et se trahit devant ceux qu'il croit ses semblables. Avec Bill, avec Dick, avec Judy, j'avais déjà gagné des points sur eux. Mais dire à ceux-ci qu'un Noir venait de les avoir, cela ne m'avançait guère. Avec Lou et Jean Asquith, j'aurais ma revanche sur Moran et sur eux tous. Deux pour un, et ils ne me descendraient pas comme ils avaient descendu mon frère.

Tom somnolait vaguement dans la voiture.

J'accélérai. Je devais le conduire à l'embranche-
ment direct de Murchison Junction, d'où il pren-
drait le rapide pour le Nord. Il avait décidé de
rejoindre New York. C'était un brave type, Tom.
Un brave type trop sentimental. Trop humble.

IX

J'ai gagné la ville le lendemain et j'ai repris mon travail sans avoir dormi. Je n'avais pas sommeil. J'attendais toujours. C'est arrivé vers onze heures sous les espèces d'un coup de téléphone. Jean Asquith m'invitait avec Dex et d'autres amis à elle pour le week-end chez eux. J'ai accepté naturellement, mais sans empressement.

— Je me dégagerai...

— Tâchez de venir, dit-elle au bout du fil.

— Vous ne manquez pas de cavaliers à ce point, raillai-je. Ou alors, vous vivez vraiment dans un trou.

— Les hommes d'ici ne savent pas s'occuper d'une fille qui a un peu trop bu.

Je restai sec et elle le sentit car j'entendis un léger éclat de rire.

— Venez, réellement j'ai envie de vous voir, Lee Anderson. Et Lou sera contente aussi...

— Embrassez-la pour moi, dis-je, et dites-lui d'en faire autant pour vous.

Je me remis au boulot avec plus de courage. J'étais regonflé. Le soir, j'allai retrouver la bande au drugstore et j'emmenai Judy et Jicky dans la Nash. Ce n'est pas très commode, une bagnole, mais on y trouve des angles inédits. Encore une nuit où je dormis bien.

Pour compléter ma garde-robe, j'allai acheter le lendemain une espèce de nécessaire de toilette et une valise portable ; une paire de pyjamas neufs, et des petits trucs sans grande importance mais qui me manquaient. Je ne voulais pas passer pour un clochard chez ces gens-là, et je savais à peu près ce qu'il faut pour ne pas passer pour un clochard.

Le jeudi soir de cette semaine-là, je finissais de mettre ma caisse à jour et de remplir mes feuilles, lorsque, vers cinq heures et demie, j'ai vu la voiture de Dexter s'arrêter devant la porte. J'ai été lui ouvrir car j'avais fermé la boutique et il est entré.

— Salut, Lee, me dit-il. Les affaires vont ?

— Pas mal, Dex. Et ces études ?

— Oh !... Ça se traîne. Je n'ai pas assez de goût pour le baseball et le hockey pour faire un étudiant très fameux, vous savez.

— Qu'est-ce qui vous amène ?

— Je passais vous prendre pour dîner quelque part ensemble, et ensuite, pour vous emmener tâter d'une de mes petites distractions favorites.

— C'est d'accord, Dex. Donnez-moi cinq minutes.

— Je vous attends dans la voiture.

J'ai enfoui mes feuilles et le fric dans la caisse et j'ai baissé le rideau de fer, et puis, je suis sorti par la porte de derrière en prenant ma veste. Il faisait un sale temps lourd, trop chaud pour la saison déjà très avancée. L'air était humide et collant et les choses poissaient aux doigts.

— Je prends la guitare ? demandai-je à Dex.

— Pas la peine. Ce soir, c'est moi qui me charge des distractions.

— Allez-y.

Je m'installai devant, à côté de lui. Sa Packard c'était autre chose que ma Nash, mais ce garçon ne savait pas conduire. Pour arriver à faire cogner le moteur d'une Clipper dans une reprise, il faut vraiment y mettre du sien.

— Où m'emmenez-vous, Dex ?

— On va d'abord dîner au *Stork,* et puis, je vous emmènerai là où nous allons.

— Vous allez samedi chez les Asquith, je crois.

93

— Oui. Je vous prendrai, si vous voulez.

C'était le moyen de ne pas arriver dans la Nash. Un répondant comme Dexter, ça valait le coup.

— Merci. J'accepte.

— Est-ce que vous jouez au golf, Lee ?

— J'ai essayé ça une fois dans ma vie.

— Vous avez une tenue et des clubs ?

— Jamais de la vie ! Vous me prenez pour Kaiser ?

— Les Asquith ont un golf. Je vous conseille de dire que votre médecin vous interdit d'y jouer.

— Vous pensez comme ça prendra..., grognai-je.

— Et le bridge ?

— Oh ! ça, ça va.

— Ça va bien ?

— Ça va.

— Alors, je vous suggère également de déclarer qu'une partie de bridge vous serait fatale.

— Tout de même, insistai-je, je peux jouer...

— Vous pouvez perdre cinq cents dollars sans faire un nez ?

— Ça me gênerait.

— Alors, suivez aussi ce conseil-là.

— Vous êtes plein de choses aimables, ce soir, Dex, lui dis-je. Si vous m'avez invité pour me faire comprendre que je suis trop fauché pour ces gens-là, dites-le tout de suite et au revoir.

— Vous feriez mieux de me remercier, Lee.
Je vous donne les moyens de pouvoir tenir le
coup en face de ces gens-là, comme vous dites.

— Je me demande en quoi ça vous intéresse.

— Ça m'intéresse.

Il se tut un instant et freina sec pour respecter
un feu rouge. La Packard s'affaissa doucement
sur ses ressorts, vers l'avant, et revint en place.

— Je ne vois pas en quoi.

— Je voudrais savoir où vous voulez en venir
avec ces filles.

— Toutes les jolies filles méritent qu'on s'en
occupe.

— Vous en avez sous la main des douzaines
qui sont aussi jolies et beaucoup plus faciles.

— Je ne crois pas que la première partie de
votre phrase soit entièrement vraie, dis-je, et la
seconde non plus.

Il me regarda avec une idée de derrière la tête.
J'aimais mieux quand il surveillait la route.

— Vous m'étonnez, Lee.

— Franchement, dis-je, je trouve ces deux
filles à mon goût.

— Je sais que vous aimez ça, dit Dex.

Certainement, ce n'est pas ça qu'il me tenait
en réserve.

— Je ne crois pas que ce soit plus difficile de
coucher avec elles qu'avec Judy ou Jicky, assurai-je.

— Ce n'est pas simplement ça que vous cherchez, Lee ?

— Simplement ça.

— Alors, faites attention. Je ne sais pas ce que vous avez fait à Jean, mais en cinq minutes de téléphone, elle a trouvé le moyen de prononcer quatre fois votre nom.

— Je suis heureux de lui avoir fait cette impression.

— Ce ne sont pas des filles avec qui on peut coucher sans les épouser plus ou moins. Du moins, je pense qu'elles sont comme ça. Vous savez, Lee, je les connais depuis dix ans.

— Alors, j'ai eu de la veine, assurai-je. Parce que je ne compte pas les épouser toutes les deux, et que je compte bien coucher avec les deux.

Dexter ne répondit rien et me regarda encore. Est-ce que Jud lui avait raconté notre séance chez Jicky ou est-ce qu'il ne savait rien ? Je crois que ce type était capable de deviner les trois quarts des choses, même sans qu'on lui raconte le reste.

— Descendez, me dit-il.

Je me rendis compte que la voiture était arrêtée devant le *Stork Club* et je descendis.

Je précédais Dexter en entrant et c'est lui qui laissa le pourboire à la brune du vestiaire. Un garçon en livrée, que je connaissais bien, nous conduisit à la table qui nous était réservée. Dans ce bistrot, ils essayaient de singer le grand genre, et ça donnait des résultats comiques. Je serrai la pince à Blackie, le chef d'orchestre, en passant. C'était l'heure du cocktail et l'orchestre jouait pour la danse. Je connaissais aussi la plupart des clients de vue. Mais j'avais l'habitude de les voir de l'estrade, et ça fait toujours un drôle d'effet de se retrouver brusquement avec les ennemis, du côté du public.

Nous nous assîmes et Dex commanda des triples Martini.

— Lee, me dit-il, je ne veux plus vous parler de cela, mais faites attention à ces filles.

— Je fais toujours attention, dis-je. Je ne sais pas dans quel sens vous l'entendez, mais, en général, je me rends compte de ce que je fais.

Il ne me répondit pas, et, deux minutes après, parla d'autre chose. Quand il voulait perdre son drôle d'air en dessous, il pouvait dire des choses intéressantes.

X

Nous étions, tous les deux, pas mal pleins en sortant, et je me suis mis au volant malgré les protestations de Dexter.

— Je ne tiens pas à ce que vous m'abîmiez le portrait pour samedi. Vous regardez toujours ailleurs en conduisant et ça me donne chaque fois l'impression de mourir.

— Mais vous ne connaissez pas le chemin, Lee...

— Eh bien quoi ! dis-je. Vous allez me l'expliquer.

— C'est un quartier de la ville où vous n'allez jamais et c'est compliqué.

— Oh ! Vous m'assommez, Dex. Quelle rue ?

— Bon, eh bien menez-nous au 300 de Stephen's Street.

— C'est par là ? demandai-je en pointant un index vague dans la direction du quartier ouest...

— Oui. Vous la connaissez ?

— Je connais tout, assurai-je. Attention au démarrage.

Cette Packard, c'était un velours à conduire. Dex ne l'aimait pas et préférait la Cadillac de ses parents ; mais à côté de la Nash, un véritable miel.

— C'est à Stephen's Street que nous allons ?

— A côté, dit Dex.

Malgré la quantité d'alcool qu'il avait dans les tripes, il tenait le coup comme un chêne. A croire qu'il n'avait rien bu.

Nous arrivions en plein dans le quartier pauvre de la ville. Stephen's Street commençait bien, mais dès le numéro 200, ça devenait des logements à bon marché, et puis des baraques à un seul étage, de plus en plus minables. Au 300, ça se tenait encore debout. Il y avait quelques vieilles voitures devant les maisons, presque de l'époque du T de Ford. J'arrêtai la bagnole de Dex devant l'endroit indiqué.

— Venez, Lee, dit-il. On marche un bout.

Il ferma les portes et nous nous mîmes en route. Il tourna dans une rue transversale et fit une centaine de mètres. Il y avait des arbres et des clôtures démolies. Dex s'arrêta devant une bâtisse de deux étages dont le haut était en planches. Par miracle, le grillage, autour du tas de détritus qui constituait le jardin, était à peu près en bon état. Il entra sans prévenir. Il faisait presque nuit et les recoins grouillaient d'ombres bizarres.

— Venez, Lee, dit-il. C'est ici.

— Je vous suis.

Il y avait un rosier devant la maison, un seul, mais son odeur suffisait à couvrir les relents d'immondices qui s'accumulaient un peu partout. Dex grimpa les deux marches de l'entrée qui était sur le côté de la maison. Une grosse négresse vint ouvrir en réponse à son coup de sonnette. Sans rien dire, elle nous tourna le dos et Dexter la suivit. Je refermai la porte derrière moi.

Au premier, elle s'effaça pour nous laisser passer. Dans une petite pièce, il y avait un divan, une bouteille et deux verres, et deux gosses de onze à douze ans, une petite rouquine ronde et couverte de taches de rousseur, et une jeune négresse, la plus âgée des deux, à ce qu'il semblait.

Elles étaient sagement assises sur le divan, vêtues chacune d'une chemisette et d'une jupe trop courte.

— Voilà des messieurs qui vous apportent des dollars, dit la négresse. Soyez bien sages avec eux.

101

Elle referma la porte et nous laissa. Je regardai Dexter.

— Déshabillez-vous, Lee, dit-il. Il fait très chaud, ici.

Il se tourna vers la rousse.

— Viens m'aider, Jo.

— Je m'appelle Polly, dit l'enfant. Vous allez me donner des dollars ?

— Certainement, dit Dex.

Il tira de sa poche une coupure de dix froissée et la donna à la gosse.

— Viens m'aider à défaire mon pantalon.

Je n'avais pas bougé encore. Je regardai la rouquine se lever. Elle devait avoir un peu plus de douze ans. Elle avait des fesses bien rondes sous une jupe trop courte. Je savais que Dex me regardait.

— Je prends la rousse, me dit-il.

— Vous savez que nous risquons la tôle pour ce truc-là.

— C'est la couleur de sa peau qui vous gêne ? me lança-t-il brutalement.

C'est ça qu'il me réservait. Il me regardait toujours avec sa mèche sur l'œil. Il attendait. Je crois que je n'ai pas changé de couleur. Les deux gosses ne bougeaient plus, un peu effrayées...

— Viens, Polly, dit Dex. Veux-tu boire un petit verre ?

— J'aime mieux pas, dit-elle. Je peux vous aider sans boire.

En moins d'une minute, il était déshabillé et prit l'enfant sur ses genoux en lui relevant sa jupe. Sa figure devenait sombre et il commençait à souffler.

— Vous n'allez pas me faire de mal ? dit-elle.

— Laisse-toi faire, répondit Dexter. Sinon, pas de dollars.

Il lui fourra la main entre les jambes et elle se mit à pleurer.

— Tais-toi ! dit-il. Ou je te fais battre par Anna...

Il tourna la tête vers moi. Je n'avais pas bougé.

— C'est la couleur de sa peau qui vous gêne ? répéta-t-il. Voulez-vous la mienne ?

— Ça va comme ça, dis-je.

Je regardai l'autre gosse. Elle se grattait la tête, absolument indifférente à tout ça. Elle était déjà formée.

— Viens, lui dis-je.

— Vous pouvez y aller, Lee, dit Dex, elles sont propres. Vas-tu te taire ?

Polly s'arrêta de pleurer et renifla un bon coup.

— Vous êtes trop gros..., dit-elle. Ça me fait mal !...

— Tais-toi, dit Dex. Je te donnerai cinq dollars de plus.

Il haletait comme un chien. Et puis il la saisit par les cuisses et commença à s'agiter sur la chaise.

Les larmes de Polly coulaient maintenant sans bruit. La petite négresse me regardait.

— Déshabille-toi, lui dis-je, et va sur ce divan.

Je retirai ma veste et je défis ma ceinture. Elle poussa un léger cri lorsque j'entrai en elle. Et elle était brûlante comme l'enfer.

XI

Lorsque le samedi soir est arrivé, je n'avais
pas revu Dexter... J'ai décidé de prendre la Nash
et d'aller jusque chez lui. S'il venait toujours, je
la laisserais dans son garage... Sinon, je repar-
tirais directement.

Je l'avais laissé malade comme un cochon le
soir d'avant. Il devait être beaucoup plus saoul
que je ne le croyais et s'était mis à faire des
blagues. La petite Polly garderait une marque
sur le sein gauche, car cet abruti avait imaginé
de la mordre comme un enragé. Il supposait que
ses dollars la calmeraient, mais la négresse Anna
rappliquait sans tarder et menaçait de ne jamais
plus le recevoir. Sûr qu'il ne venait pas dans
cette boîte pour la première fois. Il ne voulait pas
laisser partir Polly, dont l'odeur de rouquine
devait lui plaire. Anna lui mit une espèce de

pansement et lui donna un somnifère, mais elle fut obligée de la laisser à Dex qui la léchait sur toutes les coutures en faisant des bruits avec sa gorge.

Je me rendais compte de ce qu'il devait ressentir parce que, pour ma part, je ne pouvais pas me décider à sortir de cette gosse noire, et, tout de même, je faisais attention de ne pas la blesser, mais elle ne s'est pas plainte une seule fois. Elle fermait seulement les yeux.

C'est à cause de cela que je me demandais si Dex était d'aplomb aujourd'hui pour le week-end chez les Asquith. Je m'étais réveillé moi-même la veille dans un drôle d'état. Et Ricardo pouvait le dire : dès neuf heures du matin, il me servait un triple zombie, et je ne connais que ça pour remettre un type en place. Au fond, je ne buvais guère avant de venir à Buckton et je me rendais compte de mon tort. A condition d'en prendre assez, il n'y a pas d'exemple que ça ne vous éclaircisse les idées. Ce matin, ça allait, et je stoppai devant chez Dex, très en forme.

Il m'attendait déjà, contrairement à ce que je supposais, rasé de frais, dans un complet de gabardine beige, et une chemise bicolore, grise et rose.

— Avez-vous déjeuné, Lee ? Je déteste m'ar-rêter en route, alors je prends mes précautions.

Ce Dexter-là était clair, simple et net comme

un gosse. Un gosse plus vieux que son âge, tout de même. Ses yeux.

— Je mangerais bien un peu de jambon et de marmelade, répondis-je.

Le valet de chambre me servit copieusement. J'ai horreur d'avoir un type qui fourre ses pattes dans ce que je mange, mais ça paraissait très normal à Dexter.

Sitôt après ça, nous sommes partis. J'ai transféré mes bagages de la Nash dans la Packard, et Dexter s'est assis à droite.

— Conduisez, Lee. Ça va mieux comme ça.

Il me regarda en dessous. Ce fut sa seule allusion à la soirée de l'avant-veille. Tout le reste de la route, il fut d'une humeur charmante et me raconta un tas d'histoires sur les parents Asquith, deux bons salauds qui avaient débuté dans la vie avec un confortable capital, ce qui est correct, mais aussi l'habitude d'exploiter des gens dont le seul tort est d'avoir la peau d'une autre couleur qu'eux. Ils avaient des plantations de canne à côté de la Jamaïque ou d'Haïti, et Dex prétendait que, chez eux, on buvait un sacré rhum.

— Ça bat les zombies de Ricardo, vous savez, Lee.

— Alors j'en suis ! affirmai-je.

Et je tirai un bon coup sur la manette des gaz.

Nous fîmes les cent milles en un peu plus

d'une heure et Dexter me dirigea en arrivant à Prixville. C'était un patelin beaucoup moins important que Buckton, mais les maisons paraissaient plus luxueuses et les jardins plus grands. Il y a des endroits comme ça où tous les types ont l'air pleins de galette.

La grille des Asquith était ouverte et je montai en prise la rampe d'accès au garage, mais, avec moi, le moteur ne cognait pas. Je rangeai la Clipper derrière deux autres voitures.

— Il y a déjà des clients, dis-je.

— Non, remarqua Dexter. Ce sont celles de la maison. Je crois que nous sommes les seuls. En dehors de nous, il y a quelques types d'ici. Ils s'invitent tous à tour de rôle, parce que lorsqu'ils se retrouvent chez eux, ils s'embêtent trop. Il faut dire qu'ils n'y sont pas souvent.

— Je vois, dis-je. Des gens à plaindre, en somme.

Il rit et descendit. Nous prîmes chacun notre valise et nous trouvâmes nez à nez avec Jean Asquith. Elle portait une raquette de tennis. Elle avait un short blanc et venait d'enfiler, après la partie, un pull bleu canard qui la moulait d'une façon effrayante.

— Oh ! Vous voilà, dit-elle.

Elle paraissait ravie de nous voir.

— Venez prendre quelque chose.

Je regardai Dex, et il me regarda, et nous

hochâmes la tête avec approbation et ensemble.

— Où est Lou ? demanda Dex.

— Elle est déjà remontée, dit Jean. Elle doit se changer.

— Oh ! dis-je, méfiant. On s'habille pour le bridge, ici ?

Jean rit aux éclats.

— Je veux dire, changer de short. Allez mettre quelque chose de plus commode que ça et revenez. On va vous mener à vos chambres.

— J'espère que vous allez changer de short aussi, raillai-je. Il y a au moins une heure que vous portez celui-là.

Je reçus un bon coup de tête de raquette sur les doigts.

— Moi, je ne transpire pas ! affirma Jean. Je n'ai plus l'âge.

— Et vous avez perdu la partie, sans doute ?

— Oui !...

Elle rit encore. Elle savait qu'elle riait très bien.

— Alors, je peux me risquer à vous proposer un set, dit Dex. Naturellement, pas pour tantôt. Pour demain matin.

— Bien sûr, dit Jean.

Je ne sais pas si je me trompe, mais elle aurait préféré que ce soit moi.

— Bon, dis-je. S'il y a deux courts, j'en ferai autant avec Lou, et les deux perdants joueront l'un contre l'autre. Arrangez-vous pour perdre, Jean, et nous avons une chance de jouer ensemble.

— O.K., dit Jean.

— Alors, conclut Dex, puisque tout le monde triche, c'est moi qui serai battu.

Nous nous mîmes à rire tous les trois. Ce n'était pas drôle ; mais ça se tendait un peu, et il fallait arranger ça. Puis, Dex et moi, nous suivîmes Jean vers la maison, et elle nous remit entre les mains d'une femme de chambre noire, très mince, avec un petit bonnet blanc empesé.

XII

Je me suis changé dans ma chambre et j'ai retrouvé Dex et les autres en bas. Il y avait deux autres garçons et deux filles, un compte rond, et Jean jouait au bridge avec une des filles et les deux garçons. Lou était là. J'ai laissé Dex tenir compagnie à l'autre fille et j'ai tourné le bouton de la radio pour mettre un peu de musique de danse. J'ai accroché Stan Kenton et j'ai laissé. C'était mieux que rien. Lou sentait un nouveau parfum que je préférais à celui de l'autre jour, mais j'ai voulu la taquiner.

— Vous avez changé de parfum, Lou.

— Oui. Celui-là ne vous plaît pas ?

— Si, il est bien. Mais vous savez que ça ne se fait pas.

— Quoi ?

— Ce n'est pas la règle de changer de parfum. Une véritable élégante reste fidèle à un parfum.

— Où avez-vous pris ça ?

— Tout le monde sait ça. C'est une vieille règle française.

— Nous ne sommes pas en France.

— Alors, pourquoi utilisez-vous des parfums français ?

— Ce sont les meilleurs.

— Certainement, mais si vous respectez une règle, il faut les respecter toutes.

— Mais, dites-moi, Lee Anderson, où avez-vous été pêcher tout ça ?

— Ce sont les bienfaits de l'instruction, raillai-je.

— De quel collège sortez-vous ?

— D'aucun collège que vous connaissiez.

— C'est-à-dire ?

— J'ai étudié en Angleterre et en Irlande avant de revenir aux U.S.A.

— Pourquoi faites-vous ce que vous faites ? Vous pourriez gagner plus d'argent.

— J'en gagne assez pour ce que je veux faire, dis-je.

— Quelle est votre famille ?

— J'avais deux frères.

— Et ?

— Le plus jeune est mort. Dans un accident.

— Et l'autre ?

— Il vit toujours. Il est à New York.

— J'aimerais le connaître, dit-elle.

Elle paraissait avoir perdu cette brusquerie qu'elle montrait chez Dexter et chez Jicky, et aussi, avoir oublié ce que je lui avais fait à ce moment-là.

— Je préfère que vous ne le connaissiez pas, dis-je.

Et je le pensais. Mais je me trompais en croyant qu'elle avait oublié.

— Vos amis sont drôles, dit-elle en passant sans transition à un autre sujet.

Nous dansions toujours. Il n'y avait pratiquement pas d'interruption entre les morceaux, et cela m'évita de répondre.

— Qu'est-ce que vous avez fait à Jean, la dernière fois ? dit-elle. Elle n'est plus pareille.

— Je ne lui ai rien fait. Je l'ai juste aidée à se dessaouler. Il y a une technique connue.

— Je ne sais pas si vous me racontez des blagues. On a du mal à savoir, avec vous.

— Je suis transparent comme le cristal !... assurai-je.

C'était à son tour de ne plus répondre, et elle fut tout à la danse pendant quelques minutes. Elle était détendue, dans mes bras, et semblait ne penser à rien.

— Je voudrais avoir été là, conclut-elle.

— Je le regrette aussi, dis-je. Vous seriez tranquille maintenant.

Ma phrase me fit monter à moi-même une bouffée de chaleur derrière les oreilles. Je me rappelais le corps de Jean. Les prendre toutes les deux, et les supprimer en même temps, après le leur avoir dit. Pas possible...

— Je ne crois pas que vous pensiez ce que vous dites.

— Je ne sais pas ce qu'il faudrait que je dise pour que vous croyiez que je le pense.

Elle protesta vigoureusement, me traita de pédant, et m'accusa de parler comme un psychiatre autrichien. C'était un peu dur.

— Je veux dire, expliquai-je, à quels moments croyez-vous que je dis la vérité ?

— J'aime mieux quand vous ne dites rien.

— Et quand je ne fais rien aussi ?

Je la serrai un peu plus fort. Elle se rappelait certainement ce à quoi je faisais allusion et elle baissa les yeux. Mais je n'allais pas la lâcher comme ça. D'ailleurs, elle dit :

— Ça dépend de ce que vous faites...

— Vous n'approuvez pas tout ce que je fais ?

— Cela n'a aucun intérêt si vous le faites à tout le monde.

Je sentais que j'y arrivais peu à peu. Elle était presque mûre. Encore quelques efforts. Je voulais voir si vraiment c'était cuit.

— Vous parlez par énigmes, dis-je. De quoi parlez-vous ?

Cette fois, elle ne baissa pas seulement les yeux, mais la tête. Elle était réellement beaucoup plus petite que moi. Elle avait un gros œillet blanc dans les cheveux. Mais elle répondit :

— Vous savez très bien de quoi je parle. De ce que vous m'avez fait, l'autre jour, sur le divan.

— Et alors ?

— Est-ce que vous le faites à toutes les femmes que vous rencontrez ?

Je ris tout haut et elle me pinça les bras.

— Ne vous moquez pas de moi, je ne suis pas une idiote.

— Certainement pas.

— Répondez à ma question.

— Non, dis-je. Je ne le fais pas à toutes les femmes. Franchement, il n'y a que très peu de femmes à qui on puisse avoir envie de le faire.

— Vous me racontez des blagues. J'ai bien vu comment se tenaient vos amis...

— Ce ne sont pas des amis, ce sont des camarades.

— Ne chicanez pas sur les mots, dit-elle. Est-ce que vous le faites à vos camarades ?

— Croyez-vous que l'on puisse avoir envie de le faire à des filles comme ça ?

— Je crois..., murmura-t-elle. Il y a des

115

moments où on pourrait faire beaucoup de choses avec beaucoup de gens.

Je crus devoir profiter de cette phrase pour resserrer légèrement mon étreinte. En même temps je m'efforçais de lui caresser la poitrine. Je m'y étais pris trop tôt. Elle se dégagea doucement mais avec fermeté.

— L'autre jour, vous savez, j'avais bu, dit-elle.

— Je ne crois pas, répondis-je.

— Oh !... Vous supposez que je me serais laissé faire si je n'avais pas bu ?

— Certainement.

Elle baissa la tête de nouveau, puis la releva pour me dire :

— Vous ne pensez pas que j'aurais dansé avec n'importe qui ?

— Je suis n'importe qui.

— Vous savez bien que non.

J'avais rarement soutenu une conversation aussi épuisante. Cette fille vous glissait entre les doigts comme une anguille. Tantôt elle avait l'air de marcher à fond, et tantôt elle se rebiffait au moindre contact. Je continuai tout de même.

— Qu'est-ce que j'ai de différent ?

— Je ne sais pas. Vous êtes bien physiquement, mais il y a autre chose. Votre voix, par exemple.

— Eh bien ?

116

— Ce n'est pas une voix ordinaire.

Je ris encore de bon cœur.

— Non, insista-t-elle. C'est une voix plus grave... et plus... Je ne sais pas comment dire... plus balancée.

— C'est l'habitude de jouer de la guitare et de chanter.

— Non, dit-elle. Je n'ai pas entendu des chanteurs et des guitaristes chanter comme vous. J'ai entendu des voix qui me rappellent la vôtre, oui... c'est là... à Haïti. Des Noirs.

— C'est un compliment que vous me faites, dis-je. Ce sont les meilleurs musiciens que l'on puisse trouver.

— Ne dites pas de bêtises !

— Toute la musique américaine est sortie d'eux, assurai-je.

— Je ne crois pas. Tous les grands orchestres de danse sont blancs.

— Certainement, les Blancs sont bien mieux placés pour exploiter les découvertes des Noirs.

— Je ne crois pas que vous ayiez raison. Tous les grands compositeurs sont Blancs.

— Duke Ellington, par exemple.

— Non, Gershwin, Kern, tous ceux-là.

— Tous des Européens émigrés, assurai-je. Certainement ceux-ci sont les meilleurs exploiteurs. Je ne crois pas qu'on puisse trouver dans Gershwin un passage original, qu'il n'ait pas copié, démarqué ou reproduit. Je vous défie d'en trouver un dans la *Rhapsody in Blue*.

— Vous êtes bizarre, dit-elle. Je déteste les Noirs.

C'était trop beau. Je pensai à Tom, et je fus bien près de remercier le Seigneur. Mais j'avais trop envie de cette fille pour être accessible à la colère à ce moment. Et pas besoin du Seigneur pour faire du bon travail.

— Vous êtes comme tous les autres, dis-je. Vous aimez bien vous vanter des choses que tout le monde, sauf vous, a découvertes.

— Je ne vois pas ce que vous voulez dire.

— Vous devriez voyager, assurai-je. Vous savez, ce ne sont pas les Américains blancs tout seuls qui ont inventé le cinéma, ni l'automobile, ni les bas nylon, ni les courses de chevaux. Ni la musique de jazz.

— Parlons d'autre chose, dit Lou. Vous lisez trop de livres, voilà ce que c'est.

Ils continuaient leur bridge à la table d'à côté, et vraiment, je n'arriverais à rien si je ne faisais pas boire cette fille. Il fallait persévérer.

— Dex m'a parlé de votre rhum, continuai-je. Est-ce que c'est un mythe ou est-ce qu'il est accessible aux simples mortels ?

— Vous pouvez certainement en avoir, dit Lou. J'aurais dû penser que vous aviez soif.

Je la lâchai et elle fila vers une sorte de bar de salon.

— Mélange ? dit-elle. Rhum blanc et rhum rouge ?

— Va pour le mélange. Si vous pouvez ajouter un peu de jus d'orange. Je crève de soif.

— C'est facile, assura-t-elle.

Ceux de la table de bridge, à l'autre bout de la pièce, nous hélèrent à grands cris.

— Oh ! Lou !... faites-en pour tout le monde !...

— Bon, dit-elle, mais vous viendrez le prendre.

J'aimais voir cette fille se pencher en avant. Elle portait une espèce de jersey collant avec un décolleté complètement rond qui lui découvrait la naissance des seins, et cette fois, ses cheveux étaient tous rejetés d'un seul côté, comme le jour où je l'avais vue, mais à gauche. Elle était beaucoup moins maquillée, et vraiment à mordre dedans.

— Vous êtes réellement une jolie fille, dis-je.

Elle se redressa, une bouteille de rhum à la main.

— Ne commencez pas...

— Je ne commence pas. Je continue.

— Alors, ne continuez pas. Ça va trop vite, avec vous. On perd tout le plaisir.

— Il ne faut pas que les choses durent trop longtemps.

— Si. Les choses agréables, ça devrait durer tout le temps.

— Est-ce que vous savez que ce c'est qu'une chose agréable ?

— Oui. Parler avec vous, par exemple.

— Le plaisir est pour vous. C'est égoïste.

— Vous êtes un mufle. Dites que ma conversation vous rase !...

— Je ne peux pas vous regarder sans penser que vous êtes faites pour autre chose que pour parler, et cela m'est difficile de vous parler sans vous regarder. Mais je veux bien continuer à parler avec vous. Pendant ce temps-là, je ne joue pas au bridge.

— Vous n'aimez pas le bridge ?

Elle avait rempli un verre et me le tendit. Je le pris et le vidai à moitié.

— J'aime ça.

Je désignai le verre.

— Et j'aime aussi que vous l'ayez préparé.

Elle devint rose.

— C'est tellement agréable quand vous êtes comme ça.

— Je vous assure que je peux être agréable d'un tas d'autres façons.

— Vous êtes un poseur. Vous êtes bien bâti et vous vous imaginez que toutes les femmes ont envie de cela.

— De quoi ?

— Des choses physiques.

— Celles qui n'en ont pas envie, affirmai-je, n'ont jamais essayé.

— Ce n'est pas vrai.

— Vous avez essayé ?

Elle ne répondit pas et tortilla ses doigts, et puis elle se décida.

— Ce que vous m'avez fait, la dernière fois...

— Eh bien ?

— Ce n'était pas agréable. C'était... C'était terrible !

— Mais... pas désagréable ?

— Non..., dit-elle tout bas.

Je n'insistai pas et finis mon verre. J'avais rattrapé le terrain perdu. Sacré nom, quel mal j'aurais avec cette fille ; il y a des truites qui vous donnent cette impression-là.

Jean s'était levée et venait prendre des verres.

— Vous ne vous ennuyez pas avec Lou ?

— Tu es trop aimable !... dit sa sœur.

— Lou est charmante, dis-je. Je l'aime beaucoup. Est-ce que je peux vous demander sa main ?

— Jamais de la vie !... dit Jean. J'ai la priorité.

121

— Alors, qu'est-ce que je suis, là-dedans ?
dit Lou. Un laissé pour compte ?

— Tu es jeune, dit Jean. Tu as le temps.
Moi...

Je ris, car Jean ne portait réellement pas deux
ans de plus que sa sœur.

— Ne riez pas comme un idiot, dit Lou.
N'est-ce pas qu'elle est déjà bien décatie ?

Décidément, j'aimais bien ces deux filles. Et
elles avaient l'air de s'entendre, aussi.

— Si vous ne devenez pas pire en vieillis-
sant, dis-je à Lou, je veux bien vous épouser
toutes les deux.

— Vous êtes horrible, dit Jean. Je retourne
à mon bridge. Vous danserez avec moi, tout à
l'heure.

— Ah ! Zut, dit Lou. Cette fois, c'est moi
qui ai la priorité. Va jouer avec tes sales cartes.

Nous nous mîmes à danser de nouveau, mais
le programme changea et je proposai à Lou un
tour dehors pour se dégourdir les jambes.

— Je ne sais pas si j'ai intérêt à rester seule
avec vous, dit-elle.

— Vous ne risquez pas grand-chose. En somme, vous n'avez qu'à appeler.

— C'est ça, protesta-t-elle. Pour avoir l'air
d'une idiote !...

— Bon, dis-je. Alors, je voudrais boire un peu, si ça ne vous fait rien.

Je me dirigeai vers le bar et me confectionnai un petit machin remontant. Lou était restée à l'endroit où je l'avais laissée.

— En voulez-vous ?

Elle fit non de la tête, en fermant ses yeux jaunes. Cessant de m'occuper d'elle, je traversai la pièce et vins considérer le jeu de Jean.

— Je viens vous porter chance, dis-je.

— C'est le moment !

Elle se tourna légèrement vers moi avec un sourire radieux.

— Je perds cent trente dollars. Vous trouvez ça gai ?

— Tout dépend de l'exact pourcentage de votre fortune que cela représente, assurai-je.

— Si nous nous arrêtions de jouer ? proposa-t-elle alors.

Les trois autres, qui ne paraissaient pas avoir envie de jouer plus que d'autre chose, se levèrent avec ensemble. Quant au dénommé Dexter, depuis déjà un bout de temps, il avait emmené la quatrième fille dans le jardin.

— Il n'y a que ça ? dit Jean en désignant la radio d'un index méprisant. Je vais vous trouver quelque chose de mieux.

Elle manipula les boutons et se brancha effectivement sur quelque chose de dansable. Un des deux types invita Lou. Les deux autres dansèrent ensemble, et j'emmenai Jean boire quelque chose avant de commencer. Elle, je savais ce qu'il lui fallait.

XIII

Pratiquement, je n'avais pas adressé de nouveau la parole à Lou depuis notre grande conversation lorsque nous sommes montés nous coucher, Dex et moi. Nos chambres étaient au premier, du même côté que celles des filles. Les parents occupaient l'autre aile. Les autres types étaient rentrés chez eux. Je dis que les parents occupaient l'autre aile, mais, à ce moment, ils étaient repartis pour New York ou Haïti, ou quelque chose comme ça. Il y avait, dans l'ordre, ma chambre, celle de Dexter, celle de Jean et celle de Lou. J'étais mal placé pour des incursions.

Je me déshabillai, pris une bonne douche et me frictionnai énergiquement au gant de crin. J'entendis Dexter remuer vaguement dans sa

125

chambre. Il sortit et revint cinq minutes après, et je perçus le bruit d'un verre qu'on emplit. Il avait été faire une petite expédition de ravitaillement et je pensai que ce n'était pas une mauvaise idée. Je tapai légèrement à la porte de communication de sa chambre et de la salle de bains qui nous séparait. Il vint aussitôt.

— Oh ! Dex, dis-je à travers la porte. Ai-je rêvé ou ai-je entendu des bruits de bouteilles ?

— Je vous en passe une, dit Dex. J'en ai remonté deux.

C'était du rhum. Rien de mieux pour dormir ou pour rester éveillé, suivant l'heure. Je comptais rester éveillé, mais j'entendis Dex se coucher peu après. Il l'avait pris d'une autre façon que moi.

J'attendis une demi-heure et je sortis doucement de ma chambre. J'avais un slip et ma veste de pyjama. Je ne peux pas sentir les pantalons de pyjama. C'est un système impossible.

Le couloir était sombre, mais je savais où j'allais. J'avançais sans précautions, car les tapis suffisaient à étouffer le bruit d'un match de base-ball, et je cognai doucement à la porte de Lou.

Je l'entendis approcher ; je la sentis approcher, plutôt, et la clé tourna dans la serrure. Je me glissai dans sa chambre et je refermai prestement le panneau laqué.

126

Lou portait un ravissant déshabillé blanc qu'elle avait dû voler à une Vargas Girl. Visiblement, sa tenue comprenait également un soutien-gorge de dentelle et une petite culotte assortie.

— Je viens voir si vous êtes toujours fâchée contre moi, dis-je.

— Ne restez pas ici, protesta-t-elle.

— Pourquoi m'avez-vous ouvert ? Qui pensiez-vous que c'était ?

— Je ne sais pas, moi ! Susie, peut-être...

— Susie est couchée. Les autres domestiques aussi. Vous le savez parfaitement.

— Où voulez-vous en venir ?

— A ça.

Je l'attrapai au vol et l'embrassai d'une façon vraiment conséquente. Je ne sais pas ce que faisait ma main gauche pendant ce temps-là. Mais Lou se débattait et je reçus sur l'oreille un des plus ravissants coups de poing qu'il m'ait été donné d'encaisser jusqu'à ce jour. Je la lâchai.

— Vous êtes un sauvage, dit-elle.

Ses cheveux étaient peignés normalement, flous, avec une raie au milieu, et c'était vraiment un morceau de choix. Mais je restai calme. Le rhum m'aidait.

— Vous faites trop de bruit, répondis-je. Jean va sûrement vous entendre.

— Il y a la salle de bains entre nos deux chambres.

— Parfait.

Je récidivai et j'ouvris son déshabillé. Je réussis à lui arracher son slip avant qu'elle ait pu me frapper de nouveau. Mais je rattrapai son poignet et je lui tins les mains derrière le dos. Elles logeaient à l'aise au creux de ma paume droite. Elle luttait sans bruit, mais avec rage et tentait de me donner des coups de genou, mais je glissai ma main gauche derrière ses reins et je l'appliquai serrée contre moi. Elle essayait de me mordre à travers mon pyjama. Mais je n'arrivais pas à me dégager de mon sacré slip. Je la lâchai brusquement et la repoussai vers son lit.

— Après tout, dis-je, vous vous êtes débrouillée toute seule jusqu'à maintenant. Je serais bien bête de me fatiguer pour si peu de chose.

Elle était près de pleurer, mais ses yeux luisaient de colère. Elle n'essayait même pas de se rhabiller, et je me rinçais l'œil. Elle avait une toison noire et serrée, brillante comme de l'astrakan.

Je tournai les talons et je me dirigeai vers la porte.

— Dormez bien, dis-je. Excusez-moi d'avoir légèrement endommagé votre linge. Je n'ose vous proposer de le remplacer, mais je compte que vous m'enverrez la note.

Il m'était difficile d'être plus mufle, et pourtant, j'ai des dispositions. Elle ne répondit rien, mais je vis ses poings se crisper et elle se mordit les lèvres. Elle me tourna le dos, brusquement, et je restai une seconde à l'admirer de ce côté-là. Vraiment, c'était dommage. Je sortis dans un drôle d'état.

J'ouvris, sans me gêner, la porte suivante, celle de Jean. Elle n'avait pas fermé à clé. Je me dirigeai posément vers la salle de bains et je tournai le verrou nickelé.

Et puis, j'enlevai ma veste de pyjama et je quittai mon slip. La chambre était éclairée par une lumière douce et les tentures orangées adoucissaient encore l'atmosphère. Jean, complètement nue, faisait ses ongles à plat ventre sur son lit bas. Elle tourna la tête en me voyant entrer et me suivit des yeux pendant que je bouclais les portes.

— Vous avez du culot, dit-elle.

— Oui, répondis-je. Et vous, vous m'attendiez.

Elle rit et se retourna sur son lit. Je m'assis près d'elle et lui caressai les cuisses. Elle était impudique comme une gosse de dix ans. Elle s'assit et tâta mes biceps.

— Vous êtes costaud.

— Je suis faible comme l'agneau qui vient de naître, assurai-je.

Elle se frotta à moi et m'embrassa, mais je la vis reculer et s'essuyer les lèvres.

— Vous venez de chez Lou. Vous sentez son parfum.

Je n'avais pas pensé à cette sacrée habitude. La voix de Jean tremblait et elle évitait de me regarder. Je la saisis par les épaules.

— Vous n'êtes pas raisonnable.

— Vous sentez son parfum.

— Vous voyez !...

— J'avais à m'excuser, dis-je. Je l'ai froissée tantôt.

Je pensais que Lou était peut-être encore debout, aux trois quarts nue, au milieu de sa chambre, et cela m'excita encore plus. Jean s'en aperçut et rougit.

— Ça vous gêne ? demandai-je.

— Non, murmura-t-elle. Je peux vous toucher ?

Je m'étendis près d'elle et la fis s'allonger à côté de moi. Ses mains me parcouraient timidement le corps.

— Vous êtes très fort, dit-elle à voix basse.

Nous étions maintenant sur le côté, l'un en face de l'autre. Je la poussai doucement et la retournai sur l'autre côté, et puis je m'approchai d'elle. Elle écarta légèrement les jambes pour me donner passage.

— Vous allez me faire mal.

— Certainement pas, dis-je.

Je ne faisais rien d'autre que de promener mes doigts sur ses seins, en remontant du bas vers les pointes, et je la sentais vibrer contre moi. Ses fesses rondes et chaudes se logeaient étroitement en haut de mes cuisses et elle respirait rapidement.

— Voulez-vous que j'éteigne ? murmurai-je.

— Non, dit Jean. Je préfère comme ça.

Je dégageai ma main gauche de dessous son corps et j'écartai ses cheveux sur l'oreille droite. Beaucoup de gens ignorent ce que l'on peut faire d'une femme en lui embrassant et en lui mordillant une oreille, c'est un fameux truc. Jean se tordit comme une anguille.

— Ne me faites pas ça.

Je m'arrêtai aussitôt, mais elle me saisit le poignet et me serra avec une force extraordinaire.

— Faites-le encore.

Je recommençai plus longuement, et je la sentis se raidir tout d'un coup, puis se détendre et laisser retomber sa tête. Ma main glissa le long de son ventre et je me rendis compte qu'elle avait senti quelque chose. Je me mis à lui parcourir le cou de baisers rapides à peine effleurés. Je voyais sa peau se tendre à mesure que je progressais vers sa gorge. Et puis, tout doucement, je pris mon sexe et j'entrai en elle, si facilement que je ne sais pas si elle s'en rendit compte avant que je ne commence à remuer. C'est une question de préparation. Mais elle se dégagea d'un léger coup de reins.

— Je vous ennuie ? dis-je.

— Caressez-moi encore. Caressez-moi toute la nuit.

— Je compte bien le faire, dis-je.

Je la possédai à nouveau, brutalement cette fois. Mais je me retirai avant de l'avoir satisfaite.

— Vous allez me rendre folle.., murmurat-elle.

Et elle se roula sur le ventre en cachant sa tête dans ses bras. Je lui embrassai les reins et les fesses, et puis m'agenouillai au-dessus d'elle.

— Ecartez vos jambes, dis-je.

Elle ne dit rien et écarta doucement les jambes. Je glissai ma main entre ses cuisses et je me guidai de nouveau, mais je me trompais de chemin. Elle se raidit à nouveau et j'insistai.

— Je ne veux pas, dit-elle.

— Agenouillez-vous, dis-je.

— Je ne veux pas.

Et puis, elle cambra les reins et ses genoux remontèrent. Elle gardait la tête enfouie dans ses bras et, lentement, j'arrivais à mes fins. Elle ne disait rien, mais je sentais son ventre aller et venir de haut en bas et son souffle se précipiter. Sans la quitter, je me laissai tomber sur le côté, l'entraînant contre moi, et, lorsque je cherchai à voir sa figure, des larmes coulaient de ses yeux fermés, mais elle me dit de rester.

XIV

Je suis retourné dans ma chambre à cinq heures du matin. Jean n'a pas bougé lorsque je l'ai
lâchée, elle était vraiment à bout. J'avais les
genoux un peu flageolants, mais j'ai réussi à sortir de mon lit à dix heures. Je pense que le rhum
de Dex m'a aidé pas mal. Je me suis collé sous
la douche froide et je lui ai demandé de venir
me boxer un peu. Il a cogné comme un sourd,
ça m'a remis d'aplomb. Je pensais à l'état dans
lequel devait être Jean. Dex, lui, il avait trop tapé
dans le rhum ; il avait une haleine effrayante
à deux mètres. Je lui ai conseillé de boire trois
litres de lait et de faire un tour au golf. Il pensait trouver Jean au tennis, mais elle n'était
pas levée. Je suis descendu déjeuner. Lou était
assise toute seule à la table ; elle portait une
petite jupe plissée et une blouse de soie claire

sous une veste de daim. Vraiment, j'avais envie de cette fille. Mais, ce matin, je me sentais plutôt calmé. Je lui dis bonjour.

— Bonjour.

Son ton était froid. Non, triste plutôt.

— Vous êtes fâchée contre moi ? Je vous fais mes excuses pour hier soir.

— Je suppose que vous n'y pouvez rien, dit-elle. Vous êtes né comme ça.

— Non. Je suis devenu comme ça.

— Vos histoires ne m'intéressent pas.

— Vous n'êtes pas d'âge à ce que mes histoires vous intéressent...

— Je vous ferai regretter ce que vous venez de me dire, Lee.

— Je voudrais voir comment.

— N'en parlons plus. Voulez-vous faire un simple avec moi ?

— Volontiers, dis-je. J'ai besoin d'une détente.

Elle ne put s'empêcher de sourire, et, sitôt le déjeuner fini, je la suivis sur le court. Cette fille ne pouvait pas rester longtemps en colère.

Nous avons joué au tennis jusque vers midi. Je ne sentais plus mes jambes et je commençais à voir tout gris, lorsque Jean est arrivée d'un côté et Dex de l'autre. Ils étaient en aussi triste état que moi.

— Salut ! dis-je à Jean. Vous avez l'air en forme.

— Vous ne vous êtes pas regardé, répondit-elle.

— C'est la faute de Lou, affirmai-je.

— C'est aussi de ma faute, si ce vieux Dex est à ramasser à la cuillère ? protesta Lou. Vous avez tous bu trop de rhum et c'est tout. Oh ! Dex ! Vous sentez le rhum à cinq mètres !

— Lee m'a dit à deux mètres, protesta vigoureusement Dexter.

— J'ai dit ça, moi ?

— Lou, dit Dex, venez jouer avec moi.

— Pas juste, dit Lou. Ça devait être Jean.

— Impossible ! dit Jean. Lee, emmenez-moi faire un tour avant le déjeuner.

— Mais à quelle heure est-ce qu'on déjeune ici ? protesta Dex.

— Il n'y a pas d'heure, dit Jean.

Elle passa son bras sous le mien et m'entraîna vers le garage.

— On prend la voiture de Dex ? dis-je. C'est la première, ce sera plus commode.

Elle ne répondit pas. Elle me serrait le bras très fort et se rapprochait de moi le plus possible. Je m'efforçais de parler de choses sans importance et elle continuait à ne pas répondre. Elle lâcha mon bras pour monter dans la voiture, mais, sitôt que je fus installé, elle se tassa contre moi, de nouveau, le plus près qu'elle put sans m'empêcher de conduire. Je sortis en marche arrière et je dévalai l'allée. La grille était ouverte et je tournai à droite. Je ne savais pas où cela menait.

— Comment sort-on de cette ville ? demandai-je à Jean.

— N'importe comment..., murmura-t-elle.

Je la regardai dans le rétroviseur. Elle avait les yeux fermés.

— Dites donc, insistai-je, vous avez trop dormi, vous, ça vous abrutit.

Elle se redressa comme une folle et m'empoigna la tête à deux mains pour m'embrasser. Je freinai prudemment car ça diminuait considérablement la visibilité.

— Embrassez-moi, Lee...

— Attendez au moins qu'on soit sortis de la ville.

— Ça m'est égal, les gens. Ils peuvent bien le savoir tous.

— Et votre réputation ?

— Vous ne vous en préoccupez pas toujours. Embrassez-moi.

Embrasser, ça va cinq minutes, mais je ne pouvais pas faire ça tout le temps. Coucher avec elle et la retourner de tous les côtés, d'accord. Mais pas embrasser. Je me dégageai.

— Soyez sage.

138

— Embrassez-moi, Lee. S'il vous plaît.

J'accélérai de nouveau et je virai dans la première rue à ma droite, puis à gauche ; j'essayais de la secouer assez pour qu'elle me lâche et s'accroche à quelque chose d'autre ; mais il n'y avait rien à faire avec cette Packard. Ça ne bougeait pas. Elle en profita pour me remettre les bras autour du cou.

— Je vous assure qu'on va en raconter de drôles sur vous dans ce pays.

— Je voudrais qu'on en raconte encore beaucoup plus. Les gens seront tellement vexés après...

— Quand ? Après ?

— Quand ils sauront que nous allons nous marier.

Bon sang, ce que cette fille avait marché ! Il y en a à qui ça produit l'effet de la valériane sur un chat, ou d'un crapaud mort à un fox-terrier. Ils voudraient s'y accrocher toute leur vie.

— Nous allons nous marier ?

Elle pencha sa tête et m'embrassa la main droite.

— Sûr.

— Quand ?

— Maintenant.

— Pas un dimanche.

— Pourquoi ? dit-elle.

— Non. C'est idiot. Vos parents ne seront pas d'accord.

— Ça m'est égal.

— Je n'ai pas d'argent.

— Assez pour deux.

— A peine assez pour moi, dis-je.

— Mes parents m'en donneront.

— Je ne crois pas. Vos parents ne me connaissent pas. Vous non plus, vous ne me connaissez pas, d'ailleurs.

Elle rougit et cacha sa tête dans mon épaule.

— Si, je vous connais, murmura-t-elle. Je pourrais vous décrire de mémoire et tout entier.

Je voulus voir jusqu'où ça allait et je dis :

— Bien des femmes pourraient me décrire de cette façon-là.

Elle ne réagit pas.

— Ça m'est égal. Elles ne le feront plus maintenant.

— Mais vous ne savez rien de moi.

— Je ne savais rien de vous.

Elle se mit à fredonner la chanson de Duke qui porte ce titre.

— Vous n'en savez pas plus maintenant, assurai-je.

— Alors, racontez-moi, dit-elle en s'arrêtant de chanter.

— Après tout, dis-je, je ne vois pas comment je pourrais vous empêcher de m'épouser.

Sinon en m'en allant. Et je n'ai pas envie de m'en aller.

Je n'ajoutai pas « avant d'avoir eu Lou », mais c'est ce que cela voulait dire. Jean le prit pour argent comptant. Je tenais cette fille dans le creux de ma main. Il fallait accélérer la manœuvre avec Lou. Jean posa la tête sur mes genoux et tassa son corps sur le reste de la banquette.

— Racontez-moi, je vous en prie, Lee.

— Bon, dis-je.

Je lui appris que j'étais né quelque part du côté de la Californie, que mon père était d'origine suédoise et que c'était pour ça que j'avais les cheveux blonds. J'avais eu une enfance difficile car mes parents étaient très pauvres, et, vers l'âge de neuf ans, c'était en plein milieu de la dépression, je jouais de la guitare pour gagner ma vie, et puis j'avais eu la chance de rencontrer un type qui s'était intéressé à moi quand j'avais quatorze ans, et il m'avait emmené en Europe avec lui, en Grande-Bretagne et en Irlande où j'étais resté une dizaine d'années.

Tout ça, c'était des blagues. J'avais bien été dix ans en Europe, mais pas dans ces conditions-là, et tout ce que j'avais appris, je ne le devais qu'à moi et à la bibliothèque du type chez qui je travaillais comme domestique. Je ne lui parlai pas non plus de la manière dont ce type me traitait, sachant que j'étais Noir, ni de ce qu'il me faisait quand ses petits amis ne venaient pas le voir, ni de la façon dont je l'avais quitté, après lui avoir fait signer un chèque pour me payer mon voyage de retour, moyennant quelques attentions spéciales.

Je lui inventai un tas de sornettes sur mon frère Tom, et sur le gosse, et comment il était mort dans un accident, on croyait que ça venait des nègres, ces types-là sont sournois, c'est une race de domestiques, et l'idée d'approcher un homme de couleur la rendait malade. Ainsi, j'étais revenu pour trouver la maison de mes parents vendue, et mon frère Tom à New York, et le gosse sous six pieds de terre, alors, j'avais cherché du travail et je devais mon boulot de libraire à un ami de Tom ; ça c'était vrai.

Elle m'écoutait comme un prédicateur et j'en rajoutais ; je lui dis que je pensais que ses parents n'accepteraient pas notre mariage, car elle n'avait pas vingt ans. Elle venait juste de les avoir et pouvait se passer de ses parents. Mais je gagnais peu d'argent. Elle préférait que je gagne de l'argent moi-même et honnêtement, et ses parents m'aimeraient sûrement et me trouveraient du travail plus intéressant à Haïti ou dans une de leurs plantations. Je tâchais, pendant ce temps-là, de m'orienter, et je finis par retomber sur la route par laquelle nous étions arrivés avec Dex. Je reprendrais, pour l'instant, mon travail, et elle viendrait me voir dans la semaine ; on s'arrangerait pour filer dans le Sud et passer quelques jours dans un endroit quelconque où personne ne nous gênerait, et puis on reviendrait mariés, et le tour serait joué.

Je lui demandai si elle le dirait à Lou ; elle répondit que oui, mais pas ce que nous avions fait ensemble, et, en reparlant de ça, elle s'excita de nouveau. Heureusement que nous étions arrivés.

XV

Nous avons passé l'après-midi un peu n'importe comment. Il faisait moins beau que la veille. Un vrai temps d'automne ; et je me suis bien gardé de faire un bridge avec les amis de Jean et de Lou ; je me rappelais les conseils de Dex ; ce n'était pas le moment de flanquer en l'air les quelques centaines de dollars que j'avais réussi à ramasser ; de fait, ces types ne se souciaient guère d'en avoir cinq ou six cents de plus ou de moins. Ils cherchaient à tuer le temps.

Jean n'arrêtait pas de me regarder à propos de rien, et je lui dis, en profitant d'un instant de tête à tête, de faire attention. Je dansai encore avec Lou, mais elle se méfiait ; je ne puis réussir à mettre la conversation sur un sujet intéressant. Je ne me ressentais plus guère de ma nuit et je recommençais à m'exciter toutes les

145

fois que je regardais sa poitrine ; tout de même, elle se laissait un peu peloter en dansant. Comme la veille, les amis sont partis pas très tard, et nous nous sommes retrouvés tous les quatre. Jean ne tenait plus debout, mais en voulait encore, et j'ai eu toutes les peines du monde à la persuader d'attendre ; heureusement, la fatigue opéra. Dex continuait à taper dans le rhum. Nous sommes montés vers dix heures et je suis redescendu presque aussitôt pour prendre un bouquin. Je n'avais pas envie de remettre ça avec Jean, et pas assez sommeil pour dormir tout de suite.

Et puis quand je suis entré de nouveau dans ma chambre, j'ai trouvé Lou assise sur mon lit. Elle portait le même déshabillé que la veille et un slip neuf. Je ne l'ai pas touchée. J'ai fermé à clé ma porte et celle de la salle de bains et je me suis couché comme si elle n'était pas là. Pendant que j'enlevais mes frusques, je l'entendais respirer vite. Une fois au lit, je me suis décidé à lui parler.

— Vous n'avez pas sommeil, ce soir, Lou ? Puis-je quelque chose pour vous ?

— Je suis sûre que vous n'irez pas chez Jean, comme ça, ce soir, répondit-elle.

— Qu'est-ce qui vous fait supposer que j'ai été chez Jean hier soir ?

— Je vous ai entendu, dit-elle.

146

— Vous m'étonnez... Je n'ai pourtant pas fait de bruit, raillai-je.

— Pourquoi avez-vous fermé ces deux portes ?

— Je dors toujours en fermant mes portes, dis-je. Je ne tiens pas à me réveiller avec n'importe qui à côté de moi.

Elle avait dû se parfumer des pieds à la tête. Elle sentait à des kilomètres et son maquillage était impeccable. Elle était coiffée comme la veille, avec ses cheveux divisés en deux, et, réellement, il me suffisait d'allonger la main pour la cueillir comme une orange mûre, mais il me restait un petit compte à régler avec elle.

— Vous avez été chez Jean, affirma-t-elle.

— En tous cas, vous m'avez mis à la porte, dis-je. C'est tout ce que je me rappelle.

— Je n'aime pas vos manières, dit-elle.

— Je me trouve particulièrement correct, ce soir, dis-je. Je m'excuse d'avoir été obligé de me déshabiller devant vous, mais, de toute façon, je suis certain que vous n'avez pas regardé.

— Qu'est-ce que vous avez fait à Jean ? insista-t-elle.

— Ecoutez, dis-je. Je vais vous surprendre, mais je ne peux pas faire autrement. J'aime mieux que vous le sachiez. Je l'ai embrassée l'autre jour, et, depuis, elle ne cesse de me courir après.

— Quand ?

— Quand je l'ai dessaoulée chez Jicky.

— Je le savais.

— Elle m'y a presque forcé. Vous savez que j'avais un peu bu aussi.

— Est-ce que vous l'avez vraiment embrassée ?...

— Comment ?

— Comme moi..., murmura-t-elle.

— Non, dis-je simplement avec un accent de franchise dont je fus fort satisfait. Votre sœur est un crampon, Lou. C'est vous que je désire. J'ai embrassé Jean comme... comme j'aurais embrassé ma mère, et elle ne se tient plus. Je ne sais comment me débarrasser d'elle, mais j'ai peur de ne pas y arriver. Elle vous dira sûrement que nous allons nous marier. Ça l'a prise ce matin dans la voiture de Dex. Elle est jolie, mais je n'ai pas envie d'elle. Je crois qu'elle est un peu cinglée.

— Vous l'avez embrassée avant moi.

— C'est elle qui m'a embrassé. Vous savez bien qu'on est toujours reconnaissant à quelqu'un qui s'occupe de vous quand on est noir...

— Est-ce que vous regrettez de l'avoir embrassée ?

— Non, dis-je. Il n'y a qu'une chose que je regrette, c'est que vous n'ayez pas été ivre, ce soir-là, au lieu d'elle.

— Vous pouvez m'embrasser, maintenant, dit-elle.

Elle ne bougeait pas et regardait devant elle, mais ça avait dû lui coûter quelque chose de dire ça.

— Je ne peux pas vous embrasser, dis-je. Avec Jean, ça n'avait pas d'importance. Avec vous, ça me rend malade. Je ne vous toucherai pas avant...

Je ne terminai pas ma phrase et je poussai un vague grognement découragé en me retournant de l'autre côté du lit.

— Avant quoi ? demanda Lou.

Elle avait pivoté légèrement et me posa une main sur le bras.

— C'est idiot, dis-je. C'est impossible...

— Dites-le...

— Je voulais dire... avant que nous soyions mariés, Lou, vous et moi. Mais vous êtes trop jeune, et jamais je ne vais pouvoir me débarrasser de Jean, et jamais elle ne nous laissera tranquilles.

— Est-ce que vous le pensez sérieusement ?

— Quoi ?

— A m'épouser ?

— Je ne peux pas penser sérieusement à une chose impossible, assurai-je. Mais, quant à en avoir envie, je vous jure que j'en ai envie sérieusement.

149

Elle se leva du lit. Je restai tourné de l'autre côté. Elle ne disait rien. Je n'ai rien dit non plus et j'ai senti qu'elle s'allongeait sur le lit.

— Lee, dit-elle au bout d'un moment.

Je sentais mon cœur battre si rapidement que le lit résonnait un peu. Je me retournai. Elle avait ôté son déshabillé et le reste et fermait les yeux couchée sur le dos. Je pensai qu'Howard Hughes aurait fait une douzaine de films rien que pour la poitrine de cette fille. Je ne la touchai pas.

— Je ne veux pas le faire avec vous, dis-je. Cette histoire avec Jean me dégoûte. Avant de me connaître vous vous entendiez bien toutes les deux. Je n'ai pas envie de vous séparer d'une façon ou d'une autre.

Je ne sais pas si j'avais envie d'autre chose que de la baiser à m'en rendre malade, à en croire mes réflexes. Mais je réussis à tenir.

— Jean est amoureuse de vous, dit Lou. Ça se voit.

— Je n'y peux rien.

Elle était lisse et mince comme une herbe, et odorante comme un magasin de parfumerie. Je m'assis et me penchai au-dessus de ses jambes, et je lui embrassai l'intérieur des cuisses, à l'endroit où la peau des femmes est aussi douce que les plumes d'un oiseau. Elle resserra ses jambes et puis les écarta presque aussitôt, et je recom-

150

mençai un peu plus haut. Son duvet brillant et bouclé me caressait la joue, et, doucement, je me mis à la lécher à coups légers. Son sexe était brûlant et humide, ferme sous la langue, et j'avais envie de la mordre, mais je me redressai. Elle s'assit en un sursaut, et saisit ma tête pour la remettre en place. Je me dégageai à moitié.

— Je ne veux pas, dis-je. Je ne veux pas tant que cette histoire avec Jean ne sera pas liquidée. Je ne peux pas vous épouser toutes les deux.

Je lui mordis les pointes des seins. Elle tenait toujours ma tête et gardait les yeux fermés.

— Jean veut m'épouser, continuai-je. Pourquoi ? Je ne sais pas. Mais si je refuse, elle s'arrangera certainement pour nous empêcher de nous voir.

Elle se taisait et se cambrait sous mes caresses. Ma main droite allait et venait le long de ses cuisses et Lou s'ouvrait à chaque attouchement précis.

— Je ne vois qu'une solution, dis-je. Je peux épouser Jean et vous viendrez avec nous, et nous trouverons bien le moyen de nous voir.

— Je ne veux pas, murmura Lou.

Sa voix résonnait inégalement et j'aurais presque pu en jouer comme d'un instrument de musique. Elle changeait d'intonation à chaque nouveau contact.

— Je ne veux pas que vous lui fassiez ça...

— Rien ne me force à lui faire ça, dis-je.

— Oh ! Faites-le moi, dit Lou. Faites-le moi tout de suite !

Elle s'agitait, et, chaque fois que ma main remontait, allait au-devant d'elle. Je glissai ma tête vers ses jambes, et, la tournant de l'autre côté, son dos vers moi, je soulevai sa jambe et introduisis ma figure entre ses cuisses. Je pris son sexe entre mes lèvres. Elle se raidit soudain et se relâcha presque aussitôt. Je la suçai un peu et me retirai. Elle était à plat ventre.

— Lou, murmurai-je. Je ne vous baiserai pas. Je ne veux pas vous baiser avant que nous soyons tranquilles. Je vais épouser Jean et nous nous en tirerons. Vous m'aiderez.

Elle se remit sur le dos d'un seul coup et m'embrassa avec une espèce de fureur. Ses dents choquèrent les miennes, et, pendant ce temps, je lui caressais les reins. Et puis, je la pris par la taille et la mis debout.

— Rentrez vous coucher, lui dis-je. Nous avons dit beaucoup de bêtises. Rentrez vous coucher sagement.

Je me levai à mon tour et l'embrassai sur les yeux. Heureusement, j'avais gardé un slip sous mon pyjama et je conservai ma dignité.

Je lui remis son soutien-gorge et son slip ; je lui essuyai les cuisses avec mon drap, et je lui fis enfin passer son déshabillé transparent. Elle

152

se laissait faire sans rien dire, elle était molle et tiède dans mes bras.

— Dodo, petite sœur, lui dis-je. Je file demain matin. Tâchez d'être là au petit déjeuner, j'aime bien vous voir.

Et puis je la poussai dehors et je refermai la porte. Sûr, je tenais ces deux filles. Je me sentais tout joyeux à l'intérieur et c'est probablement que le gosse se retournait sous ses deux mètres de terre, alors, je lui tendis ma patte. C'est quelque chose, de serrer la main de son frère.

XVI

Je reçus une lettre de Tom quelques jours plus tard. Il ne me disait pas grand-chose de ses affaires. Je crus comprendre qu'il avait trouvé un machin pas bien brillant dans une école de Harlem, et il me citait les Ecritures, en me donnant la référence, parce qu'il se doutait que je n'étais pas très au courant de ces histoires-là. Ça consistait en un passage du livre de Job et ça disait : « J'ai pris ma chair entre mes dents, j'ai mis mon âme dans ma main. » Je crois que le type, selon Tom, voulait entendre par là qu'il avait joué sa dernière carte ou risqué le tout pour le tout, et je trouve que c'est une façon compliquée d'accommoder un plat aussi simple. Je vis donc que Tom n'avait pas changé à ce point de vue-là. Mais c'était un brave type quand même. Je lui répondis que tout allait bien pour moi et je lui mis un billet de cinquante, parce que je crois que le pauvre vieux ne bouffait pas comme il devait.

Pour le reste, il n'y avait rien de nouveau. Des livres et toujours des livres. Je recevais des listes d'albums de Noël et des feuilles qui n'étaient pas passées par la maison mère, des types qui prospectaient pour leur propre compte, mais mon contrat m'interdisait de pratiquer ce petit jeu-là et je n'allais pas m'y risquer. Quelquefois, je flanquais à la porte des types d'un autre genre, qui travaillaient dans le porno ; mais jamais brutalement. Ces gars-là étaient souvent des Noirs ou des mulâtres, et je sais que ça se présente mal pour ce genre de bonshommes ; en général, je leur prenais un ou deux machins, et je donnais ça à la bande ; Judy aimait particulièrement ces trucs-là.

Ils continuaient à se réunir au drugstore, à venir me voir, et moi, à m'envoyer des filles de temps en temps, un jour sur deux en général. Plus bêtes que vicieuses. Sauf Judy.

Jean et Lou devaient passer à Buckton avant la fin de la semaine toutes les deux. Deux rendez-vous pris séparément ; je reçus un coup de téléphone de Jean, et Lou ne vint pas. Jean m'invitait pour le week-end suivant, et je dus lui répondre que je ne pouvais pas venir. Je n'allais pas me laisser manœuvrer comme un pion par cette fille. Elle ne se sentait pas bien et aurait préféré que je vienne, mais je lui ai dit que j'avais un boulot en retard et elle a promis d'arriver le lundi, vers cinq heures ; nous aurions le temps de bavarder comme ça.

Jusqu'au lundi, je ne fis rien d'extraordinaire et, le samedi soir, je remplaçai de nouveau le guitariste du *Stork*, et ça me rapporta quinze dollars et la boisson à l'œil. Ils payaient pas mal dans cette boîte. Chez moi, je lisais ou travaillais ma guitare. J'avais un peu abandonné les claquettes, ils étaient trop faciles à avoir sans ça. Je reprendrais après que je me serais débarrassé des deux filles Asquith. Je me procurai aussi des cartouches pour le petit pétard du gosse, et j'achetai diverses drogues. J'amenai ma bagnole au garage pour une révision et le type m'arrangea quelques machins qui n'allaient pas.

Pas signe de vie de Dex pendant tout ce temps-là. J'avais essayé de le joindre le samedi matin, mais il venait de partir pour le week-end, on ne me dit pas où. Je suppose qu'il était déjà retourné s'envoyer des gosses de dix ans chez la vieille Anna, parce que les autres de la bande ne savaient pas non plus où il était passé de toute la semaine.

Et le lundi, à quatre heures vingt, la voiture de Jean s'arrêta devant ma porte ; elle se moquait pas mal de ce que les gens pourraient penser. Elle descendit et entra dans ma boutique. Il n'y avait personne. Elle s'approcha de moi et m'en appliqua un de derrière les fagots et je lui dis de s'asseoir. Je fis exprès de ne pas baisser le rideau de fer pour qu'elle voie bien que je n'approuvais pas son idée d'arriver en avance. Elle avait très mauvaise mine, malgré son maquillage, et les yeux marqués de noir. Comme d'habitude, elle portait ce que l'on peut trouver de plus cher à se mettre sur le dos, et un chapeau qui ne venait pas de chez Macy ; il la vieillissait, d'ailleurs.

— Bon voyage ? demandai-je.

— C'est tout près, répondit-elle. Ça m'avait semblé plus loin.

— Vous êtes en avance, observai-je.

Elle regarda sa montre pavée de brillants.

— Pas tellement !... Il est cinq heures moins vingt-cinq.

— Quatre heures vingt-neuf, protestai-je. Vous avancez horriblement.

— Ça vous ennuie ?

Elle avait pris un air câlin qui me tapa sur les nerfs.

— Certainement. J'ai autre chose à faire que de m'amuser.

— Lee, murmura-t-elle, soyez gentil !...

— Je suis gentil quand mon travail est terminé.

— Soyez gentil, Lee, répéta-t-elle. Je vais avoir... Je suis...

Elle s'arrêta. J'avais compris, mais il fallait qu'elle le dise.

— Expliquez-vous ? dis-je.

— Je vais avoir un enfant, Lee.

— Vous, dis-je, en la menaçant du doigt, vous vous êtes mal tenue avec un homme.

Elle rit, mais sa figure restait tirée et tendue.

— Lee, il faut que vous m'épousiez le plus tôt possible, sinon, ça va faire un scandale terrible.

— Mais non, assurai-je. Ça arrive tous les jours.

J'adoptais maintenant un ton enjoué ; il ne fallait tout de même pas la faire filer avant d'avoir tout arrangé. Dans cet état-là, les femmes sont souvent nerveuses. Je m'approchai d'elle et lui caressai les épaules.

— Bougez pas, dis-je. Je vais fermer la boutique et on sera plus tranquilles.

Sûrement ce serait plus facile de se débarrasser d'elle avec un gosse. Elle avait une bonne raison de se supprimer, maintenant. Je me dirigeai vers la porte et je manœuvrai l'interrupteur de gauche qui commandait le rideau. Il tomba lentement, sans faire d'autre bruit que le cliquetis des engrenages d'angle qui tournaient dans l'huile.

Quand je me retournai, Jean avait enlevé son chapeau et elle tapotait ses cheveux pour leur rendre de l'élasticité ; elle était mieux comme cela ; vraiment une belle fille.

— Quand est-ce que nous partons ? demanda-t-elle soudain. Il faut que vous m'emmeniez le plus vite possible maintenant.

— Nous pourrons y aller à la fin de cette semaine, répondis-je. Mes affaires sont en ordre ; mais il faudra que je trouve un nouveau boulot là-bas.

— J'emporterai de l'argent.

Je n'avais certainement pas l'intention de me laisser entretenir, même par une fille que je voulais descendre.

— Ça ne change rien pour moi, dis-je. Il n'est pas question que je dépense votre argent. Je voudrais que ce soit convenu une fois pour toutes.

Elle ne répondit pas. Elle se tortillait sur sa chaise comme quelqu'un qui n'ose pas dire quelque chose.

— Allez-y, repris-je pour l'encourager. Lâchez votre paquet. Qu'est-ce que vous avez fait, sans me le dire ?

— J'ai écrit là-bas, dit-elle. J'ai vu une adresse dans les annonces, ils disent que c'est un endroit désert, pour les amateurs de solitude et pour les amoureux qui veulent passer une lune de miel tranquille.

— Si tous les amoureux qui veulent être tranquilles se donnent rendez-vous là-bas, maugréai-je, ça va être un bel encombrement !...

Elle rit. Elle avait l'air soulagée. Ce n'était pas une fille à garder une chose pour elle.

— Ils m'ont répondu, dit-elle. Nous aurons un pavillon pour la nuit, et on prend ses repas à l'hôtel.

— Ce que vous avez de mieux à faire, dis-je, c'est de filer la première et je vous y rejoindrai. J'aurai le temps de tout terminer comme ça.

— J'aimerais mieux y aller avec vous.

— Ce n'est pas possible. Rentrez chez vous pour ne pas donner l'éveil, ne préparez votre valise qu'au dernier moment. Ce n'est pas la peine d'emporter grand-chose. Et ne laissez pas de lettre pour dire où vous allez. Vos parents n'ont pas besoin de le savoir.

— Quand viendrez-vous ?

— Lundi prochain. Je partirai dimanche soir.

Il y avait peu de chances pour qu'on remarque mon départ un dimanche soir. Mais il restait Lou.

— Bien entendu, ajoutai-je, je suppose que vous l'avez dit à votre sœur.

— Pas encore.

— Elle doit s'en douter. De toute façon, vous avez intérêt à le lui dire. Elle pourra vous servir d'intermédiaire. Vous vous entendez bien, n'est-ce pas ?

— Oui.

— Alors, dites-le lui, mais seulement le jour où vous partirez, et laissez l'adresse, mais de façon qu'elle ne la trouve qu'après votre départ.

— Comment est-ce que je dois faire ?

— Vous pouvez la mettre dans une enveloppe et mettre l'enveloppe à la poste une fois que vous serez à deux ou trois cents milles de chez vous. Vous pouvez la laisser dans un tiroir. Il y a des tas de façons.

— Je n'aime pas toutes ces complications. Oh ! Lee ! Est-ce que nous ne pouvons pas partir simplement, tous les deux, en disant à tout le monde que nous avons envie d'être tranquilles ?

— Ce n'est pas possible, dis-je. Pour vous, ça va. Mais moi, je n'ai pas d'argent.

— Ça m'est égal.

— Regardez-vous dans une glace, dis-je. Ça vous est égal parce que vous en avez.

— Je n'ose pas le dire à Lou. Elle n'a que quinze ans.

Je ris.

— Est-ce que vous la prenez pour un bébé au maillot ? Vous devez savoir que, dans une

162

famille où il y a des sœurs, la plus jeune apprend les choses à peu près en même temps que la plus vieille. Si vous aviez une petite sœur de dix ans, elle en saurait autant que Lou.

— Mais Lou n'est qu'une gosse.

— Certainement. Il n'y a qu'à voir la façon dont elle s'habille. Les parfums dont elle s'arrose témoignent aussi de sa grande innocence. Il faut prévenir Lou. Je vous répète qu'il vous faut quelqu'un chez vous pour servir d'intermédiaire entre vos parents et vous.

— J'aimerais mieux que personne ne le sache.

Je ricanai avec toute la méchanceté que je pus trouver.

— Vous n'êtes pas si fière que ça du type que vous vous êtes trouvé, hein ?

Sa bouche se mit à trembler et je crus qu'elle allait pleurer. Elle se leva.

— Pourquoi me dites-vous des méchancetés ? Ça vous fait plaisir de me faire mal ? Si je ne veux rien dire, c'est que j'ai peur...

— Peur de quoi ?

— Peur que vous me quittiez avant que nous soyions mariés.

Je haussai les épaules.

— Vous croyez que le mariage m'arrêterait si je voulais vous quitter ?

— Si nous avons un enfant, oui.

— Si nous avons un enfant, je ne pourrai pas obtenir le divorce, c'est entendu ; mais cela ne suffira pas pour m'empêcher de vous quitter si j'en ai envie...

Cette fois, elle se mit à pleurer. Elle retomba assise sur sa chaise et baissa un peu la tête et des larmes roulèrent sur ses joues rondes. Je me rendis compte que j'allais un peu vite et je m'approchai d'elle. Je lui posai ma main sur le cou et lui caressai la nuque.

— Oh, Lee ! dit-elle. C'est tellement différent de ce que je pensais. Je croyais que vous seriez heureux de m'avoir tout à fait.

Je répondis quelque chose d'idiot, et puis elle commença à vomir. Je n'avais rien sous la main, pas une serviette, et je dus courir jusqu'à la petite arrière-boutique et prendre le torchon avec lequel la femme de ménage nettoyait le magasin. Je suppose que c'est l'enfant qui la rendait malade. Quand elle eut cessé de hoqueter, je lui essuyai la figure avec son mouchoir. Ses yeux étaient brillants de larmes, comme lavés, et elle respirait avec force. Ses souliers étaient sales et je les essuyai avec un morceau de papier. J'étais gêné par l'odeur, mais je me penchai sur elle et je l'embrassai. Elle me serra violemment contre elle en murmurant des choses sans suite. Je n'avais pas de veine, avec cette fille. Toujours malade, qu'elle ait trop bu ou trop baisé.

— Filez vite, lui dis-je. Rentrez chez vous. Soignez-vous, et puis, faites votre valise jeudi soir et filez. Je vous rejoins lundi prochain. Je me suis occupé de la licence.

Du coup, elle fut ragaillardie et eut un sourire incrédule.

— Lee... c'est vrai ?

— Bien sûr.

— Oh ! Lee, je vous adore... Vous savez, nous allons être très heureux.

Vraiment, elle n'avait pas de rancune. Les filles sont moins conciliantes, d'habitude. Je la mis debout et lui caressai les seins à travers sa robe. Elle se tendit et se renversa. Elle voulait que je continue. Moi, je préférais aérer la pièce, mais elle se cramponna à moi et me déboutonna d'une main. Je relevai sa robe et je la pris sur la longue table où les clients reposaient les livres qu'ils avaient feuilletés ; elle fermait les yeux et paraissait morte. Quand je la sentis se détendre, je continuai encore jusqu'à ce qu'elle gémisse, et je lâchai tout sur sa robe, et alors, elle se releva en portant sa main à sa bouche et vomit de nouveau.

Et puis je la remis sur ses pieds, je lui fermai son manteau ; je la portai presque jusqu'à sa voiture en passant par la porte du fond de la boutique et je l'installai au volant. Elle avait l'air dans les pommes, mais elle trouva encore la force de me mordre la lèvre inférieure jusqu'au sang ; je ne bronchai pas et je la regardai partir. Je pense que la voiture connaissait le chemin, heureusement pour elle.

Ensuite, je rentrai chez moi, et je pris un bain, à cause de cette odeur.

XVII

Jusqu'à ce moment-là, je n'avais pas pensé à toutes les complications dans lesquelles allait m'entraîner l'idée de démolir ces deux filles. L'envie me vint, à ce moment, d'abandonner mon projet et de tout laisser tomber, et de continuer à vendre mes bouquins sans m'en faire. Mais il fallait que je le fasse pour le gosse, et puis pour Tom, et pour moi aussi. Je connaissais des types à peu près dans mon cas qui oubliaient le sang qu'ils avaient, et qui se mettaient du côté des Blancs en toutes circonstances, et n'hésitaient pas à taper sur les Noirs quand l'occasion s'en présentait. Ces types-là, je les aurais tués aussi avec un certain plaisir, mais il fallait faire les choses progressivement. D'abord les filles Asquith. J'aurais eu trente-six occasions d'en supprimer d'autres : les gosses que je voyais, Judy, Jicky, Bill et Betty, mais ça ne présentait pas d'intérêt. Trop peu représentatifs. Les Asquith ça serait mon coup d'essai. Ensuite, je pense qu'en me débrouillant, j'arriverais à liquider un gros type quelconque. Pas un sénateur, mais quelque chose de ce genre. Il m'en fallait pas mal pour être tranquille. Mais je devais réfléchir un peu, d'abord, au moyen de m'en tirer, une fois ces deux femelles mortes sur les bras.

Le mieux serait de camoufler ça en accident d'auto. On se demanderait ce qu'elles étaient venues faire du côté de la frontière, et on cesserait de se le demander après l'autopsie, quand on trouverait Jean enceinte. Lou aurait simplement accompagné sa sœur. Et moi, je n'y serais pour rien. Seulement, une fois tranquille et l'affaire liquidée, je le dirais à leurs parents. Ils sauraient que leur fille s'était fait avoir par un Noir. A ce moment, il faudrait que je change d'air pour quelque temps, et puis, je n'aurais qu'à recommencer. Un plan idiot, mais les plus idiots sont ceux qui réussissent le mieux. J'étais sûr que Lou serait là dans les huit jours de notre arrivée; je tenais cette fille. Une sortie avec sa sœur. Jean conduisant, et puis une nausée au volant. Quoi de plus naturel ? J'aurais le temps de sauter. Je trouverais toujours un terrain qui se prête à ce jeu-là du côté où nous allions...

Lou serait devant avec sa sœur, moi derrière. Lou d'abord, et si Jean lâchait le volant en voyant ça, le travail serait tout fait.

Seulement, ça ne me plaisait qu'à moitié, cette combine en auto. D'abord, ce n'est pas neuf. Ensuite, et surtout, ce serait trop vite fait. Il fallait que j'aie le temps de leur dire pourquoi, il fallait qu'elles se voient dans mes pattes, qu'elles se rendent compte de ce qui les attendait.

L'auto... mais après. L'auto pour finir. Je crois que j'avais trouvé. D'abord, les emmener dans un coin tranquille. Et, là, les descendre. Avec le motif. Les remettre dans la bagnole, et l'accident. Aussi simple et plus satisfaisant. Oui ? Tant que ça ?

Je pensai encore à tout ça quelque temps. Je devenais nerveux. Et puis, je flanquai toutes ces idées-là en l'air et je me dis que ça ne se passerait pas du tout comme je le pensais, et je me rappelai le gosse. Et je me rappelai aussi ma dernière conversation avec Lou. J'avais commencé à amorcer quelque chose avec cette fille, et ça se précisait. Et cette chose-là, ça valait de courir le risque. La bagnole, si je pouvais. Sinon, tant pis. La frontière n'était pas loin, et, au Mexique, la peine de mort n'existe pas. Je crois que, tout ce temps-là, j'avais eu vaguement dans la tête cet autre projet qui prenait

169

forme en ce moment, et je venais seulement de réaliser à quoi il correspondait, en fait.

Je bus pas mal de bourbon pendant ces jours-là. J'avais la cervelle qui travaillait dur. Je me procurai d'autres trucs en plus des cartouches ; j'achetai une pelle et une pioche et de la corde. Je ne savais pas encore si ma dernière idée marcherait. Si oui, de toute façon, j'avais besoin de cartouches. Sinon, le reste pouvait me servir. Et la pelle et la pioche, c'était une sécurité pour une autre idée qui m'avait traversé l'esprit. Je crois que les types qui préparent un coup ont tort de se fixer un plan parfaitement défini dès le début. A mon avis, il est préférable de laisser un peu opérer le hasard ; mais, quand le moment propice arrive, il faut avoir sous la main tout le nécessaire. Je ne sais pas si j'avais tort de ne rien préparer de précis, mais, en repensant à ces histoires d'auto et d'accident, ça me plaisait moins. Je n'avais pas tenu compte d'un facteur important, celui du temps : j'aurais pas mal de temps devant moi, et j'évitai de me concentrer sur cette histoire. Personne ne connaissait l'endroit où nous allions et je pense que Lou ne le dirait à personne, si notre dernière conversation lui avait fait l'effet voulu. Ça, j'allais le savoir sitôt arrivé.

Et puis, au dernier moment, une heure avant mon départ, il me vint une espèce de terreur, et je me demandai si je trouverais Lou en arrivant. C'était le plus mauvais moment que j'aie passé. Je restai devant ma table et je bus. Je ne sais pas combien de verres, mais j'avais le cerveau aussi lucide que si le bourbon de Ricardo s'était transformé en pure et simple flotte, et je vis ce qu'il fallait faire aussi clairement que j'avais vu la figure de Tom lorsque le bidon d'essence explosait dans la cuisine ; je descendis au drug-store pour m'enfermer dans la cabine téléphonique. Je composai le numéro de l'inter et je demandai Prixville, et j'obtins la communication tout de suite. La femme de chambre me répondit que Lou allait venir et, en cinq secondes, elle était là.

— Allô ? dit-elle.

— Ici Lee Anderson. Comment allez-vous ?

— Qu'est-ce qu'il y a ?

— Jean est partie, n'est-ce pas ?

— Oui.

— Vous savez où elle va ?

— Oui.

— Elle vous l'a dit ?

Je l'entendis ricaner.

— Elle avait coché l'annonce dans le journal.

Cette fille n'avait pas les yeux dans sa poche. Elle devait s'être rendu compte de tout dès le début.

171

— Je passe vous prendre, dis-je.

— Vous ne la rejoignez pas ?

— Si. Avec vous.

— Je ne veux pas.

— Vous savez très bien que vous alliez partir.

Elle ne répondit rien et je continuai.

— C'est tellement plus simple si je vous emmène.

— Alors, pourquoi aller la rejoindre ?

— Il faut bien lui dire...

— Lui dire quoi ?

Je ris à mon tour.

— Je vous rappellerai ça pendant le voyage. Faites votre valise et venez.

— Où est-ce que j'attends ?

— Je pars. Je serai là-bas d'ici deux heures.

— Avec votre voiture ?

— Oui. Attendez-moi dans votre chambre. Je cornerai trois fois.

— Je verrai.

— A tout à l'heure.

Je n'attendis pas sa réponse et je raccrochai. Et je tirai mon mouchoir pour m'éponger le front. Je sortis de la cabine. Je payai et je remontai chez moi. Mes affaires étaient déjà dans la voiture et mon argent sur moi. J'avais écrit à la maison une lettre dans laquelle je leur expliquais que j'étais obligé de rejoindre d'urgence mon frère malade ; Tom me pardonnerait cela. Je ne sais pas ce que j'avais l'intention de faire avec ce travail de libraire ; ça ne m'embêtait pas tellement. Je ne coupais rien derrière moi. Jusqu'ici, j'avais vécu sans aucune difficulté et sans connaître l'incertitude, jamais, d'une façon cu d'une autre, mais cette histoire commençait à m'exciter et ça tournait moins rond que d'habitude. J'aurais déjà voulu être là-bas pour régler tout ça et m'occuper d'autre chose. Je ne peux pas supporter d'avoir un travail en train de finir et pour ce truc c'était la même chose. Je regardai tout autour pour voir si je n'oubliais rien, et je pris mon chapeau. Puis, je sortis et je refermai la porte. Je gardai la clé. La Nash m'attendait un block plus loin. Je mis le contact et je partis. Sitôt hors de la ville, je bloquai l'accélérateur à fond et je laissai filer la bagnole.

XVIII

Il faisait salement noir sur cette route, et, heureusement, il n'y avait pas beaucoup de circulation. Des poids lourds, surtout, dans l'autre sens. Il ne descendait presque personne vers le Sud. J'ai vraiment donné tout ce que ça pouvait. Le moteur ronflait comme celui d'un tracteur et le thermomètre marquait cent quatre-vingt-quinze, mais je poussai quand même, et ça tenait le coup.

Je voulais juste me calmer les nerfs. Au bout d'une heure de ce fracas, ça allait mieux, alors, j'ai un peu ralenti et j'ai de nouveau entendu le grincement de la carrosserie.

La nuit était humide et froide. Ça commençait à sentir l'hiver, mais mon manteau était dans ma valise; Seigneur ! jamais je n'ai eu moins froid. Je surveillais les poteaux de signalisation, mais le chemin n'était pas compliqué. Il y avait juste, de temps à autre, une station d'essence et trois ou quatre baraques, et puis la route de nouveau. Une bête sauvage et des vergers ou des cultures, ou rien du tout.

Je pensais mettre deux heures pour les cent milles. En réalité, cela fait cent huit ou cent neuf, sans tenir compte du temps perdu à sortir de Buckton, et à tourner autour du jardin en arrivant. Je fus devant chez Lou en une heure et demie ou à peine un peu plus. J'avais demandé à la Nash tout ce qu'elle pouvait rendre. Je pensai que Lou devait être prête, aussi, je roulai lentement pour dépasser la porte et me rapprocher le plus possible de la maison et je donnai trois coups de klaxon. Je n'entendis rien, tout d'abord. Je ne voyais pas sa fenêtre de là où j'étais, mais je n'osais pas descendre et je ne voulais pas recommencer à corner, de peur de donner l'éveil à quelqu'un.

Je suis resté là à attendre et j'ai vu que mes mains tremblaient au moment où j'ai allumé une cigarette pour me calmer les nerfs. Je l'ai rejetée deux minutes après et j'ai longtemps hésité avant de redonner trois coups de klaxon. Et puis, comme j'allais descendre tout de même, j'ai deviné qu'elle arrivait, et, en me retournant, je l'ai vue s'approcher de la voiture.

Elle avait un manteau clair, pas de chapeau

et un gros sac à main de cuir marron qui paraissait prêt à craquer, mais aucun autre bagage. Elle est montée et s'est assise à côté de moi sans dire un mot. J'ai fermé la portière en me penchant par-dessus elle, mais je n'ai pas cherché à l'embrasser. Elle était fermée comme une porte de coffre-fort.

J'ai démarré et j'ai tourné pour rejoindre la route. Elle fixait le chemin droit devant elle. Je la regardais du coin de l'œil, mais je pensais qu'une fois hors de la ville ça irait mieux. J'ai fait encore cent milles à tout casser. On commençait à se rendre compte que le Sud était moins loin. L'air plus sec et la nuit moins sombre. Mais j'en avais encore cinq ou six cents à avaler.

Je ne pouvais plus rester à côté de Lou sans rien dire. Et son parfum avait rempli la voiture; d'une façon, ça m'excitait terriblement, parce que je la revoyais debout dans sa chambre avec son slip déchiré, et ses yeux de chat, et je soupirai assez fort pour qu'elle le remarque. Elle eut l'air de se réveiller, de redevenir vivante en quelque sorte, et je tentai de créer une atmosphère plus cordiale, parce que ça restait quand même un peu gêné.

— Pas froid ?

— Non, dit-elle.

Elle frissonna, et ça la mit encore plus de

mauvaise humeur. Je pensai qu'elle faisait une espèce de scène de jalousie, mais j'avais à m'occuper de conduire, et je ne pouvais pas arranger ça très vite, rien qu'avec des paroles, si elle y mettait cette mauvaise volonté-là. Je lâchai le volant d'une main et je fouillai de l'autre dans le casier de droite. J'en sortis une bouteille de whisky et je la posai sur ses genoux. Il y avait encore un gobelet de bakélite dans le casier. Je le pris et le mis à côté de la bouteille, et puis je refermai le casier et je tournai le bouton de la radio. J'aurais dû y penser plus tôt, mais, décidément, je me sentais mal à mon aise.

C'est cette idée que tout restait à faire qui me tourmentait comme ça. Heureusement, elle prit la bouteille et la déboucha, puis s'en versa un verre et l'avala d'un trait. Je tendis la main. Elle remplit à nouveau le verre et le vida une seconde fois. C'est seulement à ce moment qu'elle m'en versa un. Je ne me rendis pas compte de ce que je buvais et je lui donnai le verre. Elle remit le tout dans le casier, se détendit un peu sur son siège et défit les deux boutons de son manteau. Elle portait un tailleur assez court, à revers très longs. Elle défit également la veste. En dessous, elle avait un pull-over citron directement sur la peau, et, pour ma sécurité, je me forçai délibérément à regarder la route.

Maintenant, dans la voiture, ça sentait son parfum et l'alcool, un peu la cigarette, une vraie odeur à vous monter à la tête. Mais je laissai les glaces fermées. Nous continuions à ne pas parler ; ça dura encore une demi-heure ; et puis, elle rouvrit le casier et but encore deux verres. Elle avait chaud maintenant et retira son manteau. Et dans le mouvement qu'elle fit en se rapprochant de moi, je me penchai un peu et lui embrassai le cou, juste sous l'oreille. Elle s'éloigna brusquement et se retourna, et me regarda. Et puis, elle éclata de rire. Je pense que le whisky commençait à lui faire de l'effet. Je conduisis encore cinquante milles sans rien dire, et je l'attaquai enfin. Elle avait encore repris du whisky.

— Pas en forme ?
— Ça va, dit-elle lentement.
— Pas envie de sortir avec le vieux Lee ?
— Oh, ça va !
— Pas envie d'aller voir sa petite sœur ?
— Ne me parlez pas de ma sœur.
— C'est une gentille fille..
— Oui, et elle baise bien, hein ?

Elle me coupa le souffle. N'importe qui d'autre pouvait me dire ça sans que j'y fasse attention, Judy, Jicky, B.J., mais pas Lou. Elle vit que je restais sur place et rit à s'en étrangler. Quand elle riait, on voyait qu'elle avait bu.

— Ce n'est pas comme ça qu'on dit ?

— Si, approuvai-je. Exactement comme ça.

— Et ce n'est pas ce qu'elle fait ?...

— Je ne sais pas.

Elle rit encore.

— Pas la peine, Lee, vous savez. Je ne suis plus d'âge à croire qu'on attrape des gosses en s'embrassant sur la bouche !

— Qui a parlé de gosse ?

— Jean attend un bébé.

— Vous êtes malade ?

— Je vous assure, Lee, que ce n'est pas la peine de continuer. Je sais ce que je sais.

— Je n'ai pas couché avec votre sœur.

— Si.

— Je ne l'ai pas fait, et quand bien même que je l'aurais fait, elle n'attend pas de gosse.

— Pourquoi est-ce qu'elle est malade tout le temps ?

— Elle était malade chez Jicky, et, pourtant, je ne lui avais pas fait de gosse. Votre sœur a l'estomac fragile.

— Et le reste ? Ce n'est pas trop fragile ?...

Et puis, elle se rua sur moi à coups de poing. Je rentrai la tête dans les épaules et j'accélérai. Elle me tapait dessus de toute sa force ; ce n'était pas grand-chose, mais je le sentais tout de même. A défaut de muscles, elle avait des

180

nerfs, et un bon entraînement au tennis. Quand elle s'arrêta, je me secouai.

— Vous vous sentez mieux ?

— Je me sens très bien. Et Jean, est-ce qu'elle se sentait bien après ?

— Après quoi ?

— Après que vous l'ayez baisée ?

Elle éprouvait sûrement un plaisir considérable à répéter ce mot-là. Si je lui avais passé la main entre les cuisses à ce moment-là, je suis sûr que j'aurais dû m'essuyer.

— Oh ! dis-je, elle avait déjà fait ça !

De nouveau, ce fut l'avalanche.

— Vous êtes un sale menteur, Lee Anderson.

Elle haletait après cet effort et restait tournée vers la route.

— Je crois que je préférerai vous baiser, dis-je. J'aime mieux votre odeur et vous avez plus de poils au ventre. Mais Jean baise bien. Je la regretterai quand nous serons débarrassés d'elle.

Elle ne bougea pas. Elle encaissa ce truc-là comme le reste. Moi, j'avais la gorge serrée, et, sur le coup, ça m'avait fait comme une sorte d'éblouissement, parce que je commençais à me rendre compte.

— Est-ce que nous le ferons tout de suite, murmura Lou, ou seulement après ?

— Faire quoi ? murmurai-je.

181

J'avais du mal à parler.

— Est-ce que vous allez me baiser ?... dit-elle si bas que je compris ce qu'elle disait plus que je ne l'entendis réellement.

Maintenant, j'étais excité comme un taureau et ça me faisait presque mal.

— Il faut la supprimer avant, dis-je.

Je le fis seulement pour voir si je la tenais tout à fait.

— Je ne veux pas, dit-elle.

— Vous y tenez tant à votre sœur, hein ? Vous vous dégonflez !...

— Je ne veux pas attendre...

Par chance pour moi, j'aperçus un poste d'essence et j'arrêtai la bagnole. Il fallait que je pense à autre chose, sinon je perdais mon sang-froid. Je restai assis et je dis au type de remplir mon réservoir. Lou tourna la poignée de la portière et sauta à terre. Elle murmura quelque chose et l'homme lui indiqua la baraque. Elle disparut et revint au bout de dix minutes. J'en avais profité pour faire regonfler un pneu un peu mou et pour dire au type de m'apporter un sandwich que je ne pus pas manger.

Lou se réinstalla. J'avais payé l'homme et il était reparti se coucher. Je remis la voiture en marche et je me mis à conduire à tombeau ouvert, pendant encore une ou deux heures. Lou ne bougeait plus. Elle avait l'air de dormir ; je m'étais calmé tout à fait, et tout à coup, elle s'étira, rouvrit le casier, et, cette fois, elle prit trois verres coup sur coup.

Je ne pouvais plus la voir bouger sans m'exciter de nouveau. J'essayai de continuer à conduire, mais, dix milles plus loin, j'arrêtai la bagnole au bord de la route. Il faisait encore nuit ; on sentait pourtant venir l'aube, et dans ce coin, il n'y avait pas de vent. Des bouquets d'arbres et des buissons. Nous avions traversé une ville une demi-heure avant, peut-être.

Lorsque j'ai eu serré les freins, j'ai pris la bouteille et j'ai bu un coup et puis, je lui ai dit de descendre. Elle a ouvert la porte et pris son sac et je l'ai suivie ; elle allait vers les arbres et s'arrêta dès que nous y fûmes et me demanda une cigarette ; je les avais laissées dans l'auto. Je lui dis de m'attendre ; elle commençait à fouiller dans son sac pour en trouver, mais j'étais déjà parti, et je courus jusqu'à la voiture. Je pris aussi la bouteille. Elle était presque vide, mais il m'en restait d'autres dans le coffre arrière.

Quand je suis revenu, j'avais du mal à marcher et j'ai commencé à me déboutonner avant d'arriver jusqu'à elle ; à ce moment, j'ai vu l'éclair du coup de revolver, et, juste au même moment, j'ai eu l'impression que mon coude gauche éclatait ; mon bras est retombé le long de mon thorax : si je n'avais pas été en train de m'arranger, je prenais le prunau dans les poumons.

Tout ça, je l'ai pensé en une seconde ; la seconde d'après, j'étais sur elle et je lui tordais le poignet, et puis, je lui ai appliqué un coup de poing sur la tempe, de toutes mes forces, parce qu'elle essayait de me mordre ; mais j'étais mal placé, et je souffrais comme un damné. Elle a pris ça et s'est affaissée par terre sans bouger; mais ça ne faisait pas encore mon affaire. J'ai ramassé le revolver et je l'ai mis dans ma poche. C'était seulement un 6,35, comme le mien, mais la garce avait visé juste. Je suis retourné à l'auto en courant. Je tenais mon bras gauche dans ma main droite et je devais grimacer comme un masque chinois, mais j'étais tellement enragé que je me rendais pas compte à quel point j'avais mal.

J'ai trouvé ce que je cherchais, de la corde, et je suis revenu. Lou commençait à remuer. Je n'avais qu'une main pour lui ficeler les bras, et j'ai eu du mal, mais quand ça a été fini, j'ai commencé à la gifler ; je lui ai arraché sa jupe de tailleur et j'ai déchiré son pull et je me suis remis à la gifler. J'avais dû la tenir avec mon genou pendant que j'enlevais ce sacré chandail, et je réussis seulement à ouvrir le devant. Il faisait un tout petit peu jour ; une partie de son

184

corps était juste dans l'ombre plus noire de l'arbre.

A ce moment, elle a essayé de parler et elle m'a dit que je ne l'aurais pas et qu'elle venait de téléphoner à Dex de prévenir les flics, et qu'elle pensait que j'étais une crapule depuis que j'avais parlé de supprimer sa sœur. J'ai rigolé et puis elle a fait aussi une espèce de sourire et je lui ai appliqué mon poing sur la mâchoire. Sa poitrine était froide et dure ; je lui ai demandé pourquoi elle m'avait tiré dessus et j'essayais de me maîtriser ; elle m'a dit que j'étais un sale nègre, que Dexter le lui avait dit et qu'elle était venue avec moi pour prévenir Jean, et qu'elle me haïssait comme jamais personne.

J'ai rigolé encore. Ça battait dans ma poitrine comme un marteau de forge, et mes mains tremblaient et mon bras gauche saignait dur ; je sentais le jus me couler le long de l'avant-bras.

Alors, je lui ai répondu que les Blancs avaient descendu mon frère, et que je serais plus dur à avoir, mais qu'elle, en tout cas, allait y passer, et j'ai refermé ma main sur un des seins jusqu'à ce qu'elle manque de s'évanouir, mais elle ne disait rien. Je l'ai giflée à mort. Elle a ouvert les yeux de nouveau. Le jour venait, et je les voyais briller de larmes et de rage ; je me suis penché sur elle ; je crois que je reniflais comme une espèce de bête et elle s'est mise à gueuler. Je l'ai mordue en plein entre les cuisses. J'avais la bouche remplie de ses poils noirs et durs ; j'ai lâché un peu et puis j'ai repris plus bas où c'était plus tendre. Je nageais dans son parfum, elle en avait jusque-là, et j'ai serré les dents. Je tâchais de lui mettre une main sur la bouche, mais elle gueulait comme un porc, des cris à vous donner la chair de poule. Alors, j'ai serré les dents de toutes mes forces, et je suis rentré dedans. J'ai senti le sang me pisser dans la bouche, et ses reins s'agitaient malgré les cordes. J'avais la figure pleine de sang et j'ai reculé un peu sur les genoux. Jamais je n'ai entendu une femme crier comme ça ; tout d'un coup, je me suis rendu compte que tout partait dans mon slip ; ça m'a secoué comme jamais, mais j'ai eu peur que quelqu'un ne vienne. J'ai craqué une allumette, j'ai vu qu'elle saignait fort. A la fin, je me suis mis à lui taper dessus, juste avec mon poing droit d'abord, sur la mâchoire, j'ai senti ses dents se casser et j'ai continué, je voulais qu'elle arrête de crier. J'ai tapé plus fort, et puis j'ai ramassé sa jupe, je la lui ai collée sur la bouche et je me suis assis sur sa tête. Elle remuait comme un ver. Je n'aurais pas pensé qu'elle ait la vie aussi dure ; elle a fait un mouvement si violent que j'ai cru que mon avant-bras gauche allait se détacher ; je me suis rendu compte que j'étais maintenant dans une telle colère que je l'aurais écorchée ; alors, je me suis levé pour la terminer à coups de pied, et j'ai pesé de tout mon poids en mettant un soulier en travers de sa gorge. Quand elle n'a plus bougé, j'ai senti que ça revenait une seconde fois. Maintenant, j'avais les genoux qui tremblaient et j'ai eu peur de tourner de l'œil à mon tour.

XIX

J'aurais dû aller chercher la pelle et la pioche et l'enterrer là, mais j'avais peur de la police
maintenant. Je ne voulais pas qu'on me rat-
trape avant d'avoir liquidé Jean. Sûr, c'est le
gosse qui me guidait maintenant ; je me suis
agenouillé devant Lou. J'ai défait la corde qui
lui tenait les mains ; elle avait des traces profondes sur les poignets et elle était flasque à
toucher comme sont les morts juste après qu'ils
sont morts ; déjà ses seins s'avachissaient. Je
n'ai pas retiré la jupe de sa figure. Je ne voulais
plus voir sa tête, mais j'ai pris sa montre. J'avais
besoin de quelque chose à elle.

J'ai repensé brusquement à ma figure à moi et
j'ai couru à la bagnole. En me regardant dans
le rétroviseur, j'ai vu que ce n'était pas grand-
chose à arranger. Je me suis lavé avec un peu
de whisky ; mon bras ne saignait plus ; j'ai

réusssi à le retirer de ma manche et à l'attacher serré autour de mon torse avec mon foulard et de la corde. J'ai failli chialer, tellement j'avais mal, car il fallait que je le replie ; j'y suis arrivé quand même en sortant du coffre une seconde bouteille. J'avais perdu pas mal de temps et le soleil n'était guère loin. J'ai pris le manteau de Lou dans la voiture et j'ai été le coller sur elle, je ne voulais pas trimbaler ça avec moi. Je ne sentais plus mes jambes, mais mes mains tremblaient un peu moins.

Je me suis réinstallé au volant et j'ai démarré. Je me suis demandé ce qu'elle avait pu dire à Dex ; son histoire de police commençait à me tracasser, je n'y pensais pas vraiment. C'était derrière, comme un fond sonore.

Je voulais avoir Jean maintenant et sentir encore ce que j'avais senti deux fois en démolissant sa sœur. Je venais de trouver ce que j'avais toujours cherché. La police, ça m'embêtait, mais tout à fait sur un autre plan ; ça ne m'empêcherait pas de faire ce que je voulais, j'avais trop d'avance. Ils seraient obligés de cavaler pour me rattraper. Il me restait un peu moins de trois cents milles à faire. Mon bras gauche était à peu près engourdi maintenant et je donnai toute la sauce.

XX

J'ai commencé à me rappeler des choses peut-être une heure avant d'arriver. Je me suis souvenu du jour où j'avais pris une guitare pour la première fois. C'était chez un voisin et il me donnait quelques leçons en cachette ; je ne travaillais qu'un seul air : *When the Saints go marchin'on*, et j'ai appris à le jouer tout entier avec le break, et à le chanter en même temps. Et, un soir, j'ai emprunté la guitare du voisin pour leur faire une surprise à la maison ; Tom s'est mis à chanter avec moi ; le gosse était fou, il a commencé à danser autour de la table comme s'il suivait une parade avec la ligne de réserve ; il avait pris un bâton et faisait des moulinets avec. A ce moment-là, mon père est rentré et il a ri et chanté avec nous. J'ai rapporté la guitare au voisin, mais le lendemain j'en ai trouvé une sur mon lit ; une d'occasion mais encore très bonne. Tous les jours, je la travaillais un peu. La guitare, c'est un instrument qui vous rend paresseux. On la prend, on joue un air, et puis on la laisse, on flemmarde, on la reprend pour plaquer un ou deux accords ou s'accompagner pendant qu'on siffle. Les journées passent vite comme ça.

Je me suis ressaisi tout à coup après un cahot sur la route. Je crois que je m'endormais. Je ne sentais plus du tout mon bras gauche et j'avais une soif terrible. J'ai essayé de repenser au vieux temps pour me changer les idées, parce que j'étais tellement impatient d'arriver que, sitôt que je reprenais conscience, mon cœur se remettait à sonner dans mes côtes et ma main droite à trembler sur le volant ; je n'avais pas trop d'une seule main pour conduire. Je me suis demandé ce que faisait Tom en ce moment ; il priait probablement, ou il apprenait des choses aux gosses ; par Tom je suis arrivé à Clem, et à la ville, Buckton, où j'étais resté trois mois pour tenir une boutique de libraire qui me rapportait bien ; je me suis rappelé Jicky et la fois où je l'avais baisée dans l'eau, et comme la rivière était transparente, ce jour-là. Jicky toute jeune, lisse et nue, pareille à un bébé, et, tout à coup, ça m'a fait penser à Lou et à sa toison noire, drue et frisée, et au goût que j'avais eu en la mordant, un goût doux et un peu salé, et chaud, avec l'odeur de parfum de ses cuisses, et j'ai eu encore ses cris dans l'oreille ; je sentais la sueur me dégouliner le long du front, et je ne pouvais pas lâcher ce sacré volant pour m'essuyer. Mon estomac me donnait l'impression d'être gonflé au gaz et de peser sur mon diaphragme pour m'écraser les poumons et Lou criait dans mes oreilles ; j'atteignis le bouton de l'avertisseur, sur le volant ; celui de la route, c'était l'anneau d'ébonite, le bouton noir du milieu pour la ville, et j'écrasai les deux à la fois pour couvrir les cris.

Je devais rouler à quatre-vingt-cinq milles à peu près ; ça ne pouvait guère aller plus vite, mais la route se mit à descendre un peu et j'ai vu l'aiguille gagner deux points, trois, puis quatre. Il faisait grand jour depuis longtemps. Je croisais maintenant des voitures et j'en dépassais quelques-unes. Après quelques minutes, je lâchai les deux boutons, parce que je pouvais rencontrer des flics à moto, et je n'avais pas assez de réserve pour les gratter. En arrivant, je prendrais la voiture de Jean, mais Seigneur, quand est-ce que j'allais arriver ?...

Je crois que je me mis à grogner, dans la voiture, à grogner comme un porc, entre mes dents, pour aller plus vite, et j'ai pris un virage sans ralentir, dans un terrible bruit de pneus. La

Nash roula violemment, mais se rétablit après avoir été presque sur la gauche de la route, et je continuai à appuyer à fond, et maintenant, je riais et j'étais joyeux comme le gosse quand il tournait autour de la table en chantant *When the Saints...*, et je n'avais presque plus peur.

XXI

Cette saloperie de tremblement est revenue tout de même quand je suis arrivé devant l'hôtel. Il était près de onze heures et demie ; Jean devait m'attendre pour déjeuner comme je le lui avais dit. J'ai ouvert la portière de droite et je suis descendu de ce côté-là, parce qu'avec mon bras, j'étais mal arrangé pour faire autrement.

L'hôtel, c'était une espèce de bâtisse blanche à la mode du pays, avec des jalousies baissées. Dans ce coin-là, il y avait encore du soleil, malgré que ce fût la fin d'octobre. Je ne trouvai personne dans la salle du bas. C'était loin du somptueux palace que promettait l'annonce, mais, pour être isolé, on ne pouvait pas demander mieux.

Je comptai à peine une douzaine d'autres

baraques dont un poste à essence qui faisait bistrot, en retrait de la route, destiné sans doute aux conducteurs de poids lourds. Je suis ressorti. D'après ce que je me rappelais, les pavillons où l'on dormait étaient séparés de l'hôtel, et je pensai qu'ils aboutissaient à ce chemin qui filait à angle droit avec la route, bordé d'arbres mal fichus et d'une herbe lépreuse. J'ai laissé la Nash et je suis parti par là. Ça tournait tout de suite et, tout de suite aussi, je suis tombé sur la voiture de Jean devant une bicoque de deux pièces assez propres. Je suis entré sans prévenir.

Elle était assise dans un fauteuil et paraissait dormir, elle avait mauvaise mine, mais toujours aussi bien habillée. J'ai voulu la réveiller ; le téléphone — il y avait un téléphone — s'est mis à sonner juste au même moment. Je me suis affolé stupidement et j'ai bondi dessus. Mon cœur recommençait à partir. J'ai décroché et raccroché aussitôt. Je savais que seul Dexter pouvait appeler, Dexter ou la police. Jean se frottait les yeux. Elle s'est levée et, avant le reste, je l'ai embrassée à la faire gueuler. Elle s'est réveillée un peu mieux ; j'ai passé mon bras autour d'elle pour l'emmener. A ce moment-là, elle a vu ma manche vide.

— Qu'est-ce qu'il y a, Lee ?

Elle avait l'air effarée. J'ai ri. Je riais mal.

— Ce n'est rien. J'ai fait une chute idiote en

196

descendant de la bagnole et je me suis abîmé le coude.

— Mais vous avez saigné !

— Une égratignure... Venez, Jean. J'en ai assez de ce voyage. Je voudrais être seul avec vous.

Alors, le téléphone s'est mis à resonner, et ça a été comme si le courant électrique passait à travers moi au lieu de passer dans les fils. Je n'ai pas pu me retenir et j'ai empoigné l'appareil pour le projeter sur le parquet.

Je l'ai achevé à coups de talon. Tout à coup, c'était comme si j'écrasais la figure de Lou avec mes souliers. J'ai sué encore et j'ai failli ficher le camp. Je savais que ma bouche tremblait et que je devais avoir l'air d'un fou.

Heureusement, Jean n'a pas insisté. Elle est sortie et je lui ai dit de s'installer dans sa voiture ; on allait un peu plus loin pour être tranquilles et on reviendrait déjeuner après. C'était largement l'heure de déjeuner, mais elle paraissait amorphe. Toujours malade, je crois, à cause de ce bébé qu'elle attendait. J'ai appuyé sur l'accélérateur. La voiture est partie en nous projetant sur nos dossiers ; cette fois, c'était presque fini ; d'entendre ce moteur-là, ça me rendit mon calme. Je dis à Jean quelque chose pour m'excuser pour le téléphone ; elle commençait à s'apercevoir que je déraillais, et il était temps que je cesse de dérailler. Elle se serrait contre moi et elle mettait la tête sur mon épaule.

J'ai attendu d'avoir fait vingt milles et j'ai cherché un endroit pour m'arrêter. A cet endroit, la route était en remblai ; je me dis qu'en descendant le talus ça irait. J'ai arrêté. Jean est descendue la première. J'ai tâté le revolver de Lou dans ma poche. Je ne voulais pas m'en servir tout de suite. Même avec un seul bras, je pouvais venir à bout de Jean aussi. Elle s'est penchée pour rattacher sa chaussure et j'ai vu ses cuisses au-dessous de sa jupe courte qui dessinait étroitement ses hanches. J'ai senti ma bouche sécher. Elle s'est arrêtée près d'un buisson. Il y avait un coin d'où on ne voyait pas la route quand on était assis.

Elle s'est allongée par terre ; je l'ai prise, là, toute de suite, mais sans me laisser aller jusqu'au bout. J'ai tâché de me calmer, malgré ses sacrés mouvements de reins ; je suis arrivé à la faire jouir avant d'avoir rien eu moi-même. A ce moment-là, je lui ai parlé.

— Ça vous fait toujours autant d'effet de coucher avec des hommes de couleur ?

Elle n'a rien répondu. Elle était parfaitement abrutie.

— Parce que, pour ma part, j'en ai plus d'un huitième.

Elle a rouvert les yeux et j'ai ricané. Elle ne

comprenait pas. Alors, je lui ai tout raconté ;
enfin toute l'histoire du gosse, comment il était
tombé amoureux d'une fille, et comment le père
et le frère de la fille s'étaient occupés de lui
ensuite ; je lui ai expliqué ce que j'avais voulu
faire avec Lou et elle, en faire payer deux pour
un. J'ai fouillé dans ma poche et j'ai retrouvé
le bracelet de Lou, je lui ai montré, et j'ai dit
que je regrettais de ne pas lui avoir rapporté un
œil de sa sœur, mais qu'ils étaient trop abîmés,
après le petit traitement de mon invention que
je venais de lui servir.

J'ai eu du mal à dire tout ça. Les mots ne
venaient pas tout seuls. Elle était là, les yeux
fermés, allongée par terre avec sa jupe relevée
jusqu'au ventre. J'ai senti encore la chose qui
venait le long de mon dos et ma main s'est refer-
mée sur sa gorge sans que je puisse m'en empêcher ; c'est venu ; c'était si fort que je l'ai lâchée
et que je me suis presque mis debout. Elle avait
déjà la figure bleue, mais elle ne bougeait pas.
Elle s'était laissée étrangler sans rien faire. Elle
devait respirer encore. J'ai pris le revolver de
Lou dans ma poche et je lui ai tiré deux balles
dans le cou, presque à bout portant : le sang
s'est mis à gicler à gros bouillons, lentement,
par saccades, avec un bruit humide. De ses yeux
on voyait juste une ligne blanche à travers ses
paupières ; elle a eu une espèce de contraction

et je crois qu'elle est morte à ce moment-là. Je
l'ai retournée pour ne plus voir sa figure, et,
pendant qu'elle était encore chaude, je lui ai fait
ce que je lui avais fait déjà dans sa chambre.

Je me suis probablement évanoui aussitôt
après ; quand j'ai repris conscience, elle était
tout à fait froide et impossible à remuer. Alors,
je l'ai laissée et je suis remonté vers la voiture.
Je pouvais à peine me traîner ; des choses brill-
lantes me passaient devant les yeux ; quand je
me suis assis au volant, je me suis rappelé que le
whisky était dans la Nash, et le tremblement
de ma main est revenu.

XXII

Le sergent Culloughs reposa sa pipe sur le bureau.

— Jamais nous ne pourrons l'arrêter, dit-il.

Carter hocha la tête.

— On peut essayer.

— On ne peut pas arrêter avec deux motos un type qui va à cent milles à l'heure dans une bagnole de huit cents kilos !

— On peut essayer. On risque sa peau, mais on peut essayer.

Barrow n'avait encore rien dit. C'était un grand gars, mince et brun, dégingandé, avec un accent traînant.

— Moi, j'en suis, dit-il.

— On y va ? dit Carter.

Culloughs les regarda.

— Les gars, dit-il, vous risquez votre peau,

mais vous aurez de l'avancement, si vous y arrivez.

— On ne peut pas laisser un sacré nègre mettre tout le pays à feu et à sang, dit Carter.

Culloughs ne répondit rien et regarda sa montre.

— Il est cinq heures, dit-il. Ils ont téléphoné voici dix minutes. Il doit passer dans cinq minutes... s'il passe, ajouta-t-il.

— Il a tué deux filles, dit Carter.

— Et un garagiste, ajouta Barrow.

Il vérifia que son colt lui battait la cuisse et se dirigea vers la porte.

— Il y en a déjà derrière lui, dit Culloughs. Aux dernières nouvelles, ils tenaient toujours. La voiture du super est partie maintenant et on en attend une autre.

— On ferait mieux de démarrer, dit Carter. Mets-toi derrière moi, dit-il à Barrow. On prend une seule moto.

— C'est pas régulier, protesta le sergent.

— Barrow sait tirer, dit Carter. A soi tout seul on ne peut pas conduire et tirer.

— Oh, débrouillez-vous ! dit Culloughs. Moi je m'en lave les mains.

L'Indian démarra d'un coup. Barrow était accroché à Carter qui faillit décoller. Il s'était assis à l'envers, le dos contre celui de Carter, ficelés l'un à l'autre par une sangle de cuir.

— Ralentis sitôt sorti de la ville, dit Barrow.

— C'est pas régulier, marmonna Culloughs, à peu près au même moment, et il regarda la moto de Barrow d'un air mélancolique.

Il haussa les épaules et rentra dans le poste. Il ressortir presque aussitôt et vit disparaître l'arrière de la grande Buick blanche qui venait de passer dans un tonnerre de moteur. Et puis il entendit les sirènes et vit passer quatre motos — il y en avait donc quatre — et une bagnole qui les suivait de près.

— Saloperie de route ! grommela encore Culloughs.

Cette fois, il resta dehors.

Il entendit décroître le bruit des sirènes.

XXIII

Lee mâchait à vide. Sa main droite se dépla-
çait nerveusement sur le volant pendant qu'il
écrasait l'accélérateur de tout son poids. Il avait
les yeux injectés et de la sueur coulait sur sa
figure. Ses cheveux blonds étaient collés par la
transpiration et la poussière. Il percevait à peine
le bruit des sirènes derrière lui, en prêtant l'oreille, mais la route était trop mauvaise pour qu'ils
tirent sur lui. Juste devant, il aperçut une moto
et obliqua à gauche pour la doubler, mais elle
garda sa distance et le pare-brise s'étoila soudain, pendant qu'il recevait en pleine figure des
fragments de verre pulvérisés en petits morceaux cubiques. La moto semblait presque
immobile par rapport à la Buick et Barrow visait
aussi soigneusement qu'au stand de tir. Lee

aperçut les lueurs du second et du troisième coup de feu, mais les balles manquèrent leur cible. Il s'efforçait, maintenant, de zigzaguer le long de la route pour éviter les projectiles mais le pare-brise s'étoila de nouveau, plus près de sa figure. Il sentait maintenant le courant d'air violent qui s'infiltrait par le trou parfaitement rond du gros lingot de cuivre que peut cracher un 45.

Et puis, il eut la sensation que la Buick accélérait, car il se rapprochait de la moto, mais comprit soudain qu'au contraire, Carter était en train de ralentir. Sa bouche esquissa un vague sourire pendant que son pied se soulevait légèrement de l'accélérateur. Il restait à peine vingt mètres entre les deux véhicules, quinze, dix; Lee appuya de nouveau à fond. Il vit la figure de Barrow tout près de lui et sursauta sous le choc de la balle qui lui traversa l'épaule droite ; il doubla la moto en serrant les dents pour ne pas lâcher le volant ; une fois devant, il ne risquait plus rien.

La route tourna brusquement et redevint droite. Carter et Barrow collaient toujours à ses roues arrière. Malgré la suspension, il sentait maintenant dans ses membres rompus jusqu'au moindre cahot de la route. Il regarda le rétroviseur. Il n'y avait encore en vue que les deux hommes, et il vit Carter ralentir et s'arrêter au bord, pour laisser Barrow se réinstaller dans le bon sens, car ils ne pouvaient se risquer à tenter de le dépasser maintenant.

La route bifurquait à cent mètres à droite ; Lee aperçut une sorte de bâtiment. Sans cesser d'accélérer, il fonça à travers les champs fraîchement labourés qui bordaient le chemin. La Buick fit un bond terrible et un demi-tête-à-queue, mais il réussit à la redresser dans un gémissement de toutes les pièces métalliques, et s'arrêta devant la grange, il atteignit la porte. Ses deux bras le lancinaient maintenant sans arrêt. La circulation commençait à se rétablir dans son bras gauche toujours attaché à son torse et lui arrachait des soupirs de douleur. Il se dirigea vers une échelle en bois qui menait au grenier et s'élança sur les barreaux. Il faillit perdre l'équilibre, se rétablissant par une contorsion invraisemblable et crochant de ses dents un des gros cylindres de bois rugueux. Il restait là, haletant, à mi-chemin, et une écharde lui déchirait la lèvre. Il se rendit compte à quel point il avait serré les mâchoires en sentant de nouveau dans sa bouche ce goût salé du sang chaud, du sang chaud qu'il avait bu sur le corps de Lou, entre ses cuisses parfumées avec un parfum français qui n'était pas de son âge. Il revit la bouche torturée de Lou et la jupe de son tailleur empoissée de sang, et, de nouveau.

des choses brillantes dansèrent devant son regard.

Lentement, péniblement, il monta quelques barreaux plus haut, et la clameur des sirènes retentit au-dehors. Les cris de Lou sur la clameur des sirènes, et cela remuait et vivait à nouveau dans sa tête, il recommençait à tuer Lou, et la même sensation, la même jouissance le reprirent comme il atteignait le plancher du grenier. Dehors, le bruit s'était tu. Avec peine, sans s'aider de son bras droit dont le moindre geste lui était maintenant aussi une souffrance, il rampa vers la lucarne. Devant lui, à perte de vue, les champs de terre jaune s'étendaient. Le soleil baissait et un vent léger agitait les herbes de la route. Le sang coulait dans sa manche droite et le long de son corps ; il s'épuisait peu à peu, et puis, il se mit à trembler car la peur le reprenait.

Maintenant, les policiers cernaient la grange. Il les entendit l'appeler, et sa bouche s'ouvrit toute grande. Il avait soif et transpirait et il voulut leur crier des injures, mais sa gorge était sèche. Il vit son sang faire une petite mare près de lui, gagner son genou. Il tremblait comme une feuille et claquait des dents, et, lorsque les pas retentirent sur les barreaux de l'échelle, il commença à hurler, un hurlement sourd d'abord qui s'enfla et s'accrut : il tenta de prendre le revolver dans sa poche et y parvint au prix d'un effort insensé. Son corps s'incrustait dans le mur, le plus loin possible de l'ouverture d'où surgiraient les hommes en bleu. Il tenait le revolver, mais il ne pourrait pas tirer.

Le bruit avait cessé. Alors il s'arrêta de hurler et sa tête retomba sur sa poitrine. Il entendit vaguement quelque chose ; le temps s'écoula, et puis les balles le frappèrent à la hanche ; son corps se relâcha et s'affala avec lenteur. Un filet de bave joignait sa bouche au plancher grossier de la grange. Les cordes qui tenaient son bras gauche y avaient laissé de profondes marques bleues.

XXIV

Ceux du village le pendirent tout de même parce que c'était un nègre. Sous son pantalon, son bas-ventre faisait encore une bosse dérisoire.

REPÈRES BIO-BIBLIOGRAPHIQUES

10 mars 1920 : Naissance à Ville-d'Avray de Boris Paul Vian. Il aura deux frères et une sœur. Son père est rentier et le restera jusqu'en 1929.

1932 : Début de rhumatisme cardiaque. En 1935, thyphoïde mal traitée.

1935-1939 : Baccalauréat latin-grec, puis math élém. Prépare le concours d'entrée à l'École Centrale. S'intéresse au jazz et organise des surprises-parties.

1939 : Entre à Centrale. En sort en juin 1942 avec un diplôme d'ingénieur.

1941 : Épouse Michelle Léglise. Commence *Les Cent Sonnets.*

1942 : Naissance d'un fils, Patrick.
Entre comme ingénieur à l'AFNOR.

1943 : Écrit *Trouble dans les Andains* (publié en 1966).
Devient trompettiste dans l'orchestre de jazz amateur de Claude Abadie qui poursuivra sa carrière jusqu'en 1950.

1944-1945 : Publie ses premiers textes sous les pseudonymes de Bison Ravi et Hugo Hachebuisson. Termine *Vercoquin et le plancton* (publié en 1947). Fait la connaissance de Raymond Queneau.

Début 1946 : Quitte l'AFNOR pour travailler à l'Office du Papier. Termine le manuscrit de *L'Écume des jours* (publié en 1947). Rencontre Simone de Beauvoir et Sartre.

Mai-juin 1946 . Commence la Chronique du menteur aux *Temps Modernes.*

Candidat au Prix de la Pléiade pour *l'Écume des jours,* ne le reçoit pas malgré le soutien notamment de Queneau et Sartre.

Août 1946 : Rédige *J'irai cracher sur vos tombes* qui est publié en novembre sous le nom de Vernon Sullivan et devient le bestseller de l'année 1947.

Septembre-novembre 1946 : Écrit *l'Automne à Pékin* (publié en 1947).

1947 : Devient en juin le trompette et l'animateur du « Tabou ».

Écrit *l'Équarrissage pour tous.*

Vernon Sullivan signe *les Morts ont tous la même peau.*

1948 : Naissance d'une fille, Carole.

Adaptation théâtrale de *J'irai cracher.*

Barnum's Digest; Et on tuera tous les affreux (le 3e Sullivan).

1949 : Interdiction de *J'irai cracher* (roman); *Cantilènes en gelée; les Fourmis.* Période de crise.

1950 : Condamnation pour outrage aux mœurs à cause des deux premiers Sullivan.

Représentation de l'*Équarrissage* (publié peu après avec *le Dernier des Métiers*). *L'Herbe rouge* (commencé en 1948); *Elles se rendent pas compte* (Sullivan). Mise au point du *Manuel de Saint-Germain-des-Prés* (publié en 1974).

1951 : Écrit *le Goûter des Généraux*, représenté en 1965.

1952 : Nommé Équarrisseur de 1re classe par le Collège de Pataphysique. Devient plus tard Satrape. Divorce d'avec Michelle. Période de traductions. Écrit la plupart des poèmes de *Je voudrais pas crever* (publié en 1962).

1953 : *Le Chevalier de Neige*, spectacle de plein air, présenté à Caen.
L'Arrache-Cœur (terminé en 1951).

1954 : Mariage avec Ursula Kubler, qu'il avait rencontrée en 1950.

1954-1959 : Période consacrée à des tours de chant, des productions de disques, etc. Écrit de nombreuses chansons dont *le Déserteur*, des comédies musicales, des scénarios de films.

1956 : *L'Automne à Pékin*, version remaniée.

1957 : *Le Chevalier de Neige*, opéra, musique de Georges Delerue, créé à Nancy. Vian écrit *les Bâtisseurs d'Empire* (publié et joué en 1959).

1958 : *Fiesta*, opéra, musique de Darius Milhaud, créé à Berlin.
Parution d'*En avant la Zizique*. Fin de la revue de presse donnée depuis 1947 dans *Jazz-Hot*.

1959 : Demêlées avec les réalisateurs du film *J'irai cracher sur vos tombes*. Rôles dans des films.

25 juin 1959 : Mort de Boris Vian pendant la projection du film tiré de *J'irai cracher* et qu'il désapprouvait.

Achevé d'imprimer en juin 1994
sur les presses de l'Imprimerie Bussière
à Saint-Amand-Montrond (Cher)

— N° d'édit. : 1460. — N° d'imp. : 1710. -
Dépôt légal : août 1983.
Nouveau tirage : juin 1994.
Imprimé en France